Mélusine et les yaourts de la mort

Yann Autret

Mélusine et les yaourts de la mort

Fantaisie héroïque

Dessins de l'auteur

Lire c'est partir

Première édition : 2009 - www.lirecestpartir.fr
ISBN 978-2-35024-446-4

1
La forêt de Glezmol

Mélusine resserra d'un cran le ceinturon qui creusa encore sa taille de nymphe. Elle assura l'attache du fourreau où pesait le glaive que lui avait légué son père, jadis. Forgée dans le feu même du soleil, l'arme renfermait en son cœur des puissances impatientes qui foudroyaient l'ennemi. Tous les ennemis.

Mélusine se regarda dans la haute psyché qui la reflétait en pied. Elle s'assura que son équipement était complet. Elle se trouva toute jolie, dans l'étincellement de ses épée, armure et parures guerrières, que rehaussait encore l'éclat de son regard. Son regard qui semblait d'un métal pur et rare.

Elle tourna sur elle-même et appela :

— Elwan ! Fanny ! Vous êtes prêts, les enfants ? Il ne faudrait pas trop traîner.

Dans la chambre aux murs voûtés, les enfants s'affairaient en grand désordre. Ils se disputaient les

En route

petits sabres qui leur étaient réservés, les armures, cottes de maille, heaumes ceints de cornes de dragon... Et les bottes de sept lieues pour bondir par-dessus les gouffres sans fond où s'engloutissaient trop souvent, et sans prévenir, les chemins boueux de la forêt de Glezmol...

Enfin, ils furent prêts.

— N'oubliez pas vos korrigans, insista Mélusine.

— Elfir, cria Elwan.

Elfir parut, petit, verdâtre, les yeux rouges, moche et tout fripé comme une vieille pomme pourrie. C'était le korrigan d'Elwan.

Il le suivait partout, sauf à l'école parce que c'était interdit. Sinon, vraiment partout. Pour le protéger. Car Elwan en avait besoin, de protection, hou la la... Folâtre, aventureux, intrépide, curieux de tout, effrayé de rien, brave et bravache, il attirait sur lui tous les dangers de la vie, et s'y abandonnait avec délice, sûr de vaincre... Mais heureusement, Elfir était là. Et ensemble, en effet, ils déjouaient tous les périls.

Mais le jour où Elwan avait le plus impérieux besoin d'un garde du corps, c'était le mercredi. Le jour des courses au Supermarché de la Mort. Le jour de tous les dangers.

Et ce jour-là, où commence notre récit, était un mercredi.
Justement.
On ne pouvait pas s'y tromper.
Car tous les mercredis, sans jamais faillir, des nuées noires s'amoncelaient, emplissaient le ciel, puis tournoyaient au-dessus du donjon familial.
— Bronislav ! cria Fanny.
Fanny était la petite sœur d'Elwan. Bronislav était le korrigan de Fanny. Il ressemblait fort à Elfir. À s'y tromper. Seuls leurs noms permettaient de les distinguer. Et il importait de ne jamais se tromper de korrigan. Car Elfir ne veillait que sur Elwan. Sur lui seul. C'était déjà une tâche considérable, comme on l'a dit, et un korrigan y suffisait à peine...
Bronislav, lui, ne se souciait que de Fanny. La vie lui était plus douce. D'ailleurs, à y regarder d'un peu plus près, il était moins vert qu'Elfir. Mais il puait davantage. Une âcre odeur de korrigan mal lavé se disséminait partout où il passait. Bronislav avait horreur de l'eau. Nul, jamais, n'avait pu le contraindre à la toilette. C'est qu'il serait devenu méchant ! Il ne s'était jamais lavé de toute sa vie, qui n'était pas si longue que ça. Mais, à l'odeur, il paraissait beaucoup plus que son âge. Comme on l'aimait

d'amour tendre – ainsi qu'un brave vieux chien malodorant – on le tolérait tel qu'il était. On se pinçait discrètement les narines à son approche. Cela n'empêchait pas Fanny, qui l'adorait plus que tout, de le prendre dans ses bras et de lui faire mille bisous comme à un gros doudou moche.

Elwan admirait Bronislav pour cet héroïsme dans le refus de toute toilette. Il se promettait en secret de faire comme lui, quand il serait grand.

Mélusine inspecta le harnachement des enfants, assura les petits heaumes sur les petites têtes, et siffla son korrigan à elle, qui n'était jamais de trop lors des expéditions du mercredi.

Un drôle de korrigan se présenta. On ne risquait pas de le confondre avec Elfir et Bronislav. C'était un korrigan géant. Plein de muscles veineux, plein de poils roux semés sur ses muscles veineux, plein de petites bêtes qui piquent dans les poils roux, mais il ne sentait rien tant était rude son cuir brun. Il répondait au doux nom de Gallaör et lui non plus n'était pas très joli à regarder. Il ne ressemblait guère à un korrigan. C'était un korrigan quand même.

Mais pourquoi cet équipage guerrier ? Pourquoi tous ces korrigans ?

Voici : le Supermarché de la Mort s'érigeait et se cantonnait sinistrement tout là-bas, par-delà cette forêt de nuit et de cauchemar qui cernait le château familial.

Faire les courses de la semaine, c'était d'abord affronter Glezmol la Lugubre, Glezmol la Surnaturelle, qui étirait jusqu'au pont-levis ses ramures maléfiques, creusait ses gouffres mangeurs d'enfance sous les pas du promeneur et opposait ses malédictions et ses sortilèges à quiconque prétendait la traverser. Et encore !... Ces périls vaincus, l'aventure ne faisait que commencer. Il fallait affronter les créatures hostiles du Supermarché...

Ainsi toutes les semaines...

Mais chaque chose en son temps...

La petite troupe s'enfonça dans les allées sombres de la forêt. Une boue élastique collait à leurs chausses et entravait déjà leur marche. Mais ce n'était rien, comparé aux mille morts que promettait l'ombre méchante qui, bientôt, les aveuglerait.

2
Le gardien de Glezmol

Le chêne colossal était là.
Le gardien de Glezmol.
Il agitait devant eux ses branches tentaculaires. Il se hissait vers la voûte végétale qui masquait le ciel, la crevait pour se perdre au-delà des nuages. Son tronc, énorme, ventru, crevassé leur barrait la route. Il semblait que l'on n'eût jamais fini d'en faire le tour.
— Gûrh. Il a déjà repoussé, celui-là ? grogna Gallaör dans son dialecte korrigan.
En effet, toutes les semaines, au prix d'un combat acharné et qui, jusqu'à la fin, semblait désespéré, les korrigans invincibles l'abattaient. Le couchaient enfin. Ses racines infinies soulevaient des tempêtes de terre et de poussières, puis palpitaient dans le vide. Alors, Mélusine levait haut son glaive qui luisait de la toute-puissance du soleil, et, sans effort apparent, débitait le monstre végétal en rondins

larges qui roulaient sur le côté. La semaine suivante, invariablement, le grand chêne était là, ressuscité, énorme et centenaire. Et toujours, il les menaçait.

Cette fois encore, comme à l'accoutumée, il s'opposait de toute sa masse et leur interdisait d'aller plus loin. Mais il paraissait plus puissant et plus invulnérable que d'habitude. Son écorce dévorée de mousse verte se craquelait sous la poussée régulière d'une respiration animale.

Elwan se rua en fouaillant les ténèbres de son sabre :

— À l'attaque !

Une branche fondit sur l'enfant, onduleuse comme un tentacule de pieuvre, s'enroula sur lui et l'emporta vers les hautes frondaisons.

— Elwaan ! crièrent Mélusine et Fanny.

Ignorant toute peur, il décochait des coups de lame qui glissaient sur la branche, lui arrachant à peine quelques copeaux indolores :

— Tiens ! Tiens ! Et tiens !

Fanny voulut agripper de ses petites mains l'une de ces racines mouvantes qui soulevaient le sol. Elle se retourna un ongle, verni du matin, et éclata en sanglots. Moins de douleur que de contrariété.

Une racine mouvante, sinueuse comme un serpent et palpitante de vie mauvaise, s'enroula autour de sa taille et affermit sa prise, comme pour la broyer. Elle hurla.

— Maman ! Mamaaan ! Il me fait mal aux boyaux !!!

Mélusine se rua, mais l'arbre, déployant ses plus lourdes branches, la roua de coups et la balaya d'un revers brutal. Elle roula loin. Sa silhouette fine et fière comme brisée, désarticulée. Puis, elle demeura inerte, ses cheveux épars noyés dans une flaque boueuse. La glaise l'engloutissait lentement...

Bronislav, le korrigan de Fanny, s'était lancé. Il sectionna la racine d'un coup de dent, gniack. Puis la mangea. Il mange tout ce qu'il trouve, Bronislav. Tout ce qui lui résiste. La racine, encore frétillante de vie, gigotait dans sa bouche, et ça lui faisait des chiques mouvantes qui lui gonflaient les joues. Déjà qu'il n'était pas beau, là, c'était pire. Fanny, retombée au sol, riait à en pleurer, déjà oublieuse du danger et de sa peur envolée. Une autre racine rampait dans sa direction, mais Bronislav la mangea aussi. L'appétit vient en mangeant. Puis, il s'attaqua au tronc lui-même, qu'il mordit à pleines dents. Et il en avait plein, des dents, Bronislav. Des centaines, ou tout comme. Et acérées. Et pointues. Elles s'avançaient en dehors de sa bouche, très loin en avant et sa mâchoire massive, carrée, lui conférait des allures cannibales. Et il mordait, donc, il dévorait, il déchiquetait de tous ses crocs ce tronc si colossal qu'on eût cru ne jamais pouvoir en faire le tour...

Elfir n'avait pas attendu Bronislav pour monter à l'assaut du monstre. Elwan, là-haut, se débattait toujours dans l'étreinte de la branche. Il lançait des moulinets de son épée, de plus en plus amples et rageurs, zing, zang, de taille et d'estoc, et han, et flatch, des esquilles de bois volaient en tous sens, nuées, efflorescences... Soudain, la branche se gonfla de sève, des bourgeons lui poussèrent de partout, qui éclatèrent comme des grenades. Des masses feuillues s'épanouirent en floraisons folles et rampèrent vers Elwan.

— Attention, Elwan ! Les feuilles vénéneuses ! cria Fanny.

Elwan repoussa et trancha les feuilles à mesure qu'elles s'approchaient pour le lécher. Que l'une d'entre elles lui caressât la peau, et il était fini. Un truc de dingue. Si brave et intrépide qu'il fût, il ne rigolait plus du tout, Elwan. Il hachait sans faiblir les ramures menaçantes qui s'étiraient vers lui.

— Elfir ! Elfiiiir ! appelait-il.

Un rameau de feuilles vénéneuses se détourna vers Elfir, se gonfla en buisson menaçant. Toute initiative lui était interdite. Car lui aussi fût tombé raide mort au moindre contact.

Le salut vint de Bronislav. Il se jeta sur la branche et, de même qu'il avait englouti de bel appétit les racines tueuses, il dévora toutes les feuilles, comme un qui s'offrirait une petite salade pour digérer son festin d'écorce.

— Bronislav ! Tu es fou ! Tu vas t'empoisonner !

Pour toute réponse, il se hissa en s'agrippant à pleins bras au tronc, puis entreprit de dévorer du même appétit la végétation qui menaçait Elwan. Enfin, il mangea la branche elle-même, qui rompit sous les morsures et le mâchouillement acharné du goulu.

— Houaah ! hurla Elwan.

Elfir le reçut dans ses bras, amortissant sa chute. Bronislav les rejoignit d'un bond. On s'attendait à ce qu'il s'effondrât en proie à d'atroces convulsions. Mais non. Il rota puissamment de son rot de korrigan rassasié, et ce rot fut sonore et vainqueur, très assourdissant, et dégoûtamment pestilentiel. Puanteur et vacarme, oui. Mais point d'agonie. Faut dire que, non seulement Bronislav mangeait tout, mais il digérait tout. Il n'était pas humain. Une fois, il avait avalé tout un troupeau de bisons à laine rêche, comme on en rencontre par là-bas, dans les plaines. Le troupeau menaçait de l'écrabouiller, certes. Il avait mangé tous les bisons un à un, à mesure qu'ils venaient à lui. C'était un vaste troupeau.

Tout ça pour dire de quelle sorte d'appétit il mange, Bronislav... Alors, hein, ce n'était pas une petite dégustation de plantes vénéneuses qui allait lui troubler la digestion...

Le gardien de Glezmol, comme furieux qu'on lui mange les branches, sembla grossir encore, déployer toute sa masse dolente pour engloutir ces enfants et leurs korrigans mal lavés !

Mais une silhouette se dressa dans son ombre lourde, qui le défiait... Une silhouette dégoulinante de fange et de glaise boueuse... Seule brillait dans la pénombre l'épée étincelante qui prolongeait son bras gracieux. Et son regard de métal rare et précieux fouaillant l'obscurité.

L'arbre fou, sentant venir le danger, lança vers Mélusine ressuscitée ses plus lourdes branches.

Mais Gallaör les embrassa, à pleins bras, les ploya,

les noua, les brisa. Ce fut un grand craquement sinistre, qui se propagea loin, dans la nuit.
Mélusine plongea son épée fabuleuse dans le cœur palpitant de l'arbre qui se cabra. Il laissa échapper un grincement de bois mort qui pouvait passer pour une plainte. Deux branches, promptes comme des pythons, la saisirent et, resserrant leurs anneaux, commencèrent à la broyer. Les trois korrigans entreprirent d'arracher toutes les racines. Ils creusèrent afin de saisir à la base les plus profondément implantées. Il semblait qu'ils fouaillaient jusqu'au cœur même de la Terre. Toutes ses racines rompues, le chêne sembla s'affaisser, puis vacilla. Ses branches relâchèrent leur étreinte. Mélusine, emportée par son assaut, glissa jusqu'au sol.
Le chêne abattu, couché dans la glaise, semblait haleter.
Il se figea. Ses feuilles connurent un dernier frisson. S'immobilisèrent. En quelques secondes, elles jaunirent, puis se desséchèrent, puis se détachèrent de l'arbre. Elles s'en vinrent joncher le sol et couvrir d'un épais manteau la boue épaisse qui aspirait les marcheurs...
On débita l'arbre sans s'attarder.
Mélusine, avec son épée céleste, faisait merveille.

Les rondins roulèrent au loin.
Bronislav en mangea un ou deux, discrètement, mais sa mâchoire broyeuse faisait un bruit de tronçonneuse.
Ils reprirent leur route.

3
Le coiffeur de Glezmol

Ils cheminaient en file indienne. Mélusine ouvrait la marche. Puis Gallaör. Puis Fanny. Puis Bronislav, qui rotait toujours. Les feuilles empoisonnées ne passaient pas si bien que ça, à moins que ce ne fût des relents de bison du troupeau de l'autre jour. Elwan et Elfir suivaient enfin.

Mélusine contemplait le ciel, et le déclin précoce du jour, dans la faille des frondaisons...

— Dépêchons-nous, les enfants. Il fait nuit de bonne heure, en cette saison... Et puis, on a perdu du temps, aujourd'hui, avec ce gros arbre stupide... J'ai bien cru que nous n'en viendrions pas à bout...

— Et si on demandait à Bronislav de le manger tout entier ? Ça ne lui ferait pas peur, à Bronislav... Et puis comme ça, on ne le retrouverait pas toutes les semaines à vouloir nous trucider, cet arbre méchant. On serait débarrassé... Qu'est-ce que t'en penses, Bronislav ?

Bronislav, pour toute réponse, lâcha un rot de fin du monde qui fit pourrir et faner instantanément toute végétation alentour...

— L'arbre repousserait tout de même, répondit Mélusine... Il suffit d'une infime radicelle restée en terre...

Ils hâtèrent le pas. Attentifs à tous les bruits de la forêt. Le danger pouvait surgir de partout, imprévisible. Au moins, avec cet arbre maléfique aux portes de Glezmol, on savait à quoi s'attendre... Qui toujours repoussait à l'identique... Mais passée cette première épreuve, rituelle, tout pouvait arriver... Des périls inédits les assaillaient chaque semaine. On ne s'ennuyait jamais. Cette Amazonie prédatrice déployait des trésors d'imagination. On l'eût dit animée d'une âme. Une âme damnée. D'une méchanceté ingénieuse. Comme un organisme rejetant tout corps étranger. C'était eux, les corps étrangers. Mais bon, eh oh, faut bien qu'on fasse nos courses, nous ! comme disait Elwan.

Un hululement étouffé leur agaçait les oreilles depuis qu'ils avaient terrassé l'arbre. Mais si lointain qu'improbable. Ils en vinrent à douter de leurs sens et se labouraient les oreilles en cadence, d'un doigt furieux, comme pour en chasser ce bruit parasite.

En vain. Le chant lugubre persistait. Se précisait, même. Plus proche.

— Elwan ! T'entends ce que j'entends ? demanda Fanny.

— Je ne sais pas ce que tu entends, mais j'entends quelque chose. T'entends quoi, toi ?

— Ben la même chose que toi, idiot ! Et toi, maman, tu entends aussi ?

— Chut ! intima Mélusine.

La voix s'était tue. Les korrigans en alerte prirent place autour des enfants.

Soudain, le gémissement d'une branche tordue se mêla à la rumeur des bois.

Une silhouette surgit, éventra un taillis d'aubépines, et se dressa devant eux, haute, sombre et ricanante.

— C'est quoi, ça ? demanda Elwan, plus intrigué qu'effrayé.

Alors, la créature éleva ses mains comme pour une imploration. Sa main droite se crispait sur la poignée d'un sabre long, effilé et rouillé. Les doigts noueux de sa main gauche étaient passés dans les anneaux d'une paire de ciseaux, longue comme un sécateur. Il en actionnait les lames, les faisant cliqueter lugubrement. Ces deux instruments sem-

MARCEL LE GLUANT

blaient un prolongement de l'homme qui les brandissait. Il les tendait vers les hauts cieux de Glezmol.

Mélusine blêmit. Le jour mourait lentement dans un dernier crépitement de lumière. Des lueurs tombaient en flaques vives et venaient mettre en lumière le crâne tondu de la créature, sa figure maigre au menton fuyant, ses petites lunettes rondes posées sur un nez long et crochu, d'où s'échappaient des touffes de poils gris empoissés de morve gluante. Le monstre arborait un tablier de toile bleue, à la ceinture duquel pendaient rasoirs et ciseaux d'appoint, plus petits.

— Sauvez-vous, les enfants ! C'est Marcel Baluchont ! Le coiffeur de Glezmol !

— C'est quoi, un coiffeur ? demanda Elwan.

— Quel nom horrible ! Y'a qu'un monstre qui peut s'appeler comme ça ! murmura Fanny, fascinée par l'apparition du vieux gluant.

Elle avait entendu parler, elle, de l'histoire de Marcel le Gluant. Il avait été le coiffeur officiel des légions de Glezmol. Les seigneuries de Glezmol entretenaient à grands frais des armées de Bloüsques à poils durs et à dents pointues, pour tenir à distance la plèbe nombreuse et piétinante qui se regroupait aux abords défendus de leurs châteaux et supermarché. Ces armées patrouillaient et cheminaient pour empêcher toute invasion des sites interdits, refoulaient sans ménagement la foule nécessiteuse, élargissaient le cercle de leur surveillance aux premières ornières de la forêt de Glezmol.

Marcel le Gluant avait été, durant de longues années le coiffeur des légions de Glezmol. Il avait rasé des crânes de Bloüsques pendant quarante ans et plus. Il fauchait au sabre d'assaut les toisons profuses puis peaufinait à fleur de crâne aux ciseaux, au rasoir, puis au papier de verre.

Mais il advint que, l'âge venu, son coup de sabre se fit hasardeux. Il décapita malencontreusement quelques Bloüsques, ce qui n'était pas très grave car, il faut le savoir, les têtes de Bloüsques repoussent instantanément, oui, c'est pratique, surtout pour des races guerrières, mais elles repoussent pleines de poils en bataille, chevelues à foison comme tête de chiot, et tout est à refaire. On y perd un temps fou. Les légionnaires Bloüsques n'avaient pas le loisir de se bichonner sans fin et de se faire couper la tête chez le coiffeur à longueur de temps...

Marcel le Gluant fut donc rayé des cadres de l'armée et mis d'office à la retraite. Depuis, désœuvré, en proie à cette mélancolie qui saisit parfois les grands guerriers, il traînait sa vie vacante et inutile comme un fardeau écrasant. Il regardait rouiller ses outils en déshérence.

La forêt de Glezmol abritait sa mélancolie. Un jour, il y avait croisé un pauvre qui se cachait d'une patrouille bloüsque. Marcel l'avait trouvé fort mal coiffé. D'un bond, il s'était porté à sa hauteur, l'avait ceinturé, l'avait neutralisé. Et il avait entrepris de lui couper les cheveux.

— Bien dégagé sur les oreilles ! avait-il grogné, les yeux injectés de sang.

Puis, comme il sabrait les premières mèches, il avait éclaté d'un rire qui avait effrayé les noirs corbeaux de Glezmol.

Depuis, il errait, en quête d'une tête à coiffer.

La légende courait dans toute la contrée de ce coiffeur fou qui vous coupait les cheveux bien dégagés sur les oreilles sans vous demander votre avis et qui s'enfuyait en éclatant d'hilarité sadique.

On tremblait à l'idée de croiser sa route, un jour...

Marcel Baluchont, dit Le Gluant, se dressait donc devant Mélusine, ses enfants, ses korrigans, leur barrant le chemin. Il brandissait, donc, sabre et ciseaux dans la lumière avare du sous-bois.

— Coupe gratis pour tout le monde ! hurla-t-il. Pour la petite maman, pour les enfants, pour les korrigans. Hou, qu'ils sont vilains, ceux-là ! Hop ! Pas d'histoires ! Rasibus, près du crâne, bien propre, bien convenable, à l'ancienne ! Anti-poux ! Hahaha ! Z'allez voir ça ! Par qui je commence ? La petite, là ?

Fanny tressaillit. Elle tenait comme à la prunelle de ses yeux à ses longs cheveux qui semblaient une traîne tissée d'or fin.

Elle regimba et lui tint à peu près ce langage :

— Pis quoi, encore, espèce de vieux machin ? Va te moucher plutôt, t'as de la morve plein les poils ! Et pis, des cheveux, t'en as même pas ! Alors comment tu peux t'y connaître, en cheveux, si t'en as pas ?

Les arguments ne lui manquaient pas mais, lassée des tirades, elle dégaina son petit glaive enfantin et le pointa en direction du Gluant.

Bronislav s'approcha pour la protéger.

Mélusine, Elwan et les korrigans lui firent une haie protectrice.

Mais Marcel le Gluant n'en avait cure. Il se rua en agitant sabre et ciseaux.

D'un revers, il trancha une mèche de Mélusine, épaisse, lourde et blonde, échappée d'une épingle. Les cheveux sectionnés s'enroulèrent sur la lame du sabre, comme un serpent vivant, comme un membre arraché se tournant contre l'adversaire, animé d'une vie propre !

Marcel le Gluant poussa un cri de victoire. D'une main experte, il attrapa la mèche, la fit tourner en vrille. Elle se noua en tresse et le coiffeur put la passer à sa ceinture. Il contempla fugacement la splendeur de son trophée. Le plus beau qu'il eût jamais conquis.

Mélusine, hébétée, titubait. Jamais encore elle n'avait subi pareil affront. La brassée de cheveux sectionnés battait sa tempe délicate. La partie gauche du visage à découvert. Et on aurait pu admirer la pureté de son ovale si on avait été moins occupé à combattre. Rien ne l'enlaidirait jamais. Pas même cette rage qui montait en elle, lui empourprait les pommettes, et faisait étinceler son regard pas commode, où se déchaînaient des foudres et des éclairs.

Marcel le Gluant s'était abattu sur Bronislav et passait au papier de verre son crâne ras mais irrégulier. Le Korrigan se débattait, fou de terreur, mais

Marcel s'accrochait. Mélusine allait en profiter pour le frapper à revers, mais il s'échappa, bondissant de proie en proie. Il polissait déjà le crâne d'Elfir. Bronislav, tout éberlué, restait sans force, massant le sommet de sa tête rouge et rutilante, que Marcel le Gluant avait aspergée de lotion et de parfums.

Elfir hurlait des imprécations en langue de korrigan !

Déjà, Marcel se saisissait d'Elwan et lui tondait la tignasse, sa tignasse rebelle et désordonnée d'ourson à poils longs. Un coup de sabre, ciseaux en rappel, tchic, tchic, tchac.

Elwan criait plus fort encore qu'Elfir. Mais lui, on comprenait ce qu'il disait :

— Je veux pas qu'on me coupe les cheveux ! Je veux pas qu'on me coupe les cheveux ! Ça fait nul, les cheveux courts ! Ça fait nul !

— Arkh, arkh ! Bien dégagé sur les oreilles ! Et gnack ! Et tchick !

Marcel le Gluant se déchaînait. Les crins touffus d'Elwan s'envolaient en efflorescence folle, nuage chevelu, furie capillaire... C'était un massacre.

Ce ne fut qu'alors qu'il délaissait enfin le pauvre Elwan, tondu comme un bagnard, pour coiffer

Fanny, que Gallaör l'intercepta enfin. Il le plaqua au sol. Bloum ! Ils s'écrasèrent tous deux dans la glaise élastique... Marcel le Gluant geignait doucement. Le grand korrigan le maintenait au sol d'une poigne de fer. Mélusine, folle de rage, vengeresse, lui présenta la lame de son épée puis la posa sur sa gorge :

— Moi aussi je pourrais te dégager bien jusqu'aux oreilles.

Ils l'attachèrent contre un arbre, jetèrent au loin sabre, ciseaux et tous ses instruments de torture. Elwan ramassa tous ses précieux cheveux et les rangea dans sa musette.

— Je vais me les faire replanter.

Fanny, qui ne ratait jamais une occasion de faire la leçon à son grand frère, lui frotta le crâne :

— Mais c'est pas la peine, idiot ! Ça va repousser ! C'est les vieux chauves qui se font replanter les cheveux sur la tête.

Tout en frottant, elle éprouvait la rondeur du crâne comme si c'était une découverte. La petite chevelure rase et drue lui chatouillait la paume :

— Hi hi ! on dirait du gazon !

— Bon, arrête ! ça m'énerve ! Et si on les replantait sur la tête du Gluant, en faisant des trous dans son crâne pour chaque cheveu ?

— Ça serait rigolo, mais je crois qu'on n'a pas le temps.

Déjà, Mélusine les rappelait à l'ordre.

— Tu trouves pas que ça lui va bien, finalement, à Elwan, son crâne tondu ?

Comme Elwan voulait étrangler sa petite sœur, les korrigans ne furent pas de trop de trois pour les séparer.

Ils se remirent en ordre de marche.

4
Les fleurs de Glezmol

La forêt de Glezmol était hostile à tous les voyageurs qui s'y aventuraient. Mais elle était bien plus périlleuse encore pour les enfants. Elle leur tendait des pièges tout particuliers. Une âme perverse et méchante semblait animer ce monde interdit.

Mélusine ouvrait la marche. Le danger pouvait surgir de partout.

— Suivez-moi bien, les enfants. Et faites attention.

— Oui, maman, répondit Elwan.

— Gromph, répondirent les korrigans.

Mélusine tendit l'oreille à la réponse de Fanny, qu'elle attendait machinalement, comme le couplet d'une chanson connue.

Rien.

Elle se tourna et jeta un regard par-dessus son épaule :

— Fanny ?

Quelques mètres en arrière, Bronislav gisait, inanimé, dans une ornière.

Fanny avait disparu.

Mélusine se rua :

— Fanny ! Où est-tu ?

Elwan et les korrigans se retournèrent, sans comprendre.

Tout s'était passé très vite, sans un bruit, sans que nul ne s'aperçût de rien.

Gallaör attrapa Bronislav par les pieds et le secoua très fort comme s'il avait voulu lui faire sortir tous les boyaux par la bouche. À force de l'agiter comme un sac à patates à l'envers, la tête de Bronislav devenait toute rouge et gonflait, gonflait... C'était bon signe. Alors, Gallaör l'allongea sur le dos et lui sauta sur le ventre à pieds joints, comme sur un trampoline, plof, plof, plof... Qu'on ne se méprenne pas : c'est ainsi qu'on ranime les korrigans évanouis – chose rare : ça ne s'évanouit pas beaucoup, les korrigans, et Bronislav, jamais. Heureusement, Gallaör était expert en la matière, et de toute façon, Bronislav avait des abdominaux durs comme de la pierre, durs comme des abdominaux de korrigan.

On pouvait donc y aller à fond...

Sa tête fut soudain moins rouge, puis dégonfla, puis

redevint verte caca d'oie, sa couleur naturelle. Ce qui voulait dire qu'il revenait à lui. Puis, enfin, il se réveilla. Ouf. On avait eu un petit peu peur.

Mélusine le secoua à son tour :

— Mais qu'est-ce qui s'est passé ? Où est Fanny ?

— Groumph, heurk, beuârk, répondit Bronislav dans son langage de korrigan mal réveillé.

Puis il leva les bras au ciel, dans un geste d'incompréhension et se lança dans un grand récit volubile d'où il ressortait qu'il ne savait pas ce qui s'était passé, qu'il s'était senti aspiré, puis broyé, tout ensuqué de bile acide qui brûlait fort, puis pris dans un remous violent, et des gargouillis à n'y rien comprendre, le tout dans une obscurité opaque où il avait cru se noyer, et qu'il ne comprenait rien à ce qui lui arrivait et qu'il avait été rejeté, expulsé par toute cette nuit molle et vorace qui l'avait aspiré et englouti, et qu'il était retombé lourdement sur le sol spongieux de la forêt, à moitié étouffé, et que l'air lui manquait, et que, du coup, il s'était évanoui, plof, et il n'en savait pas plus... Ouf.

Tout ceci dit sans respirer, et en patois korrigan. Patois que Mélusine parlait elle-même couramment, et comprenait également, donc, mais ça ne l'avançait pas à grand-chose...

Le froissement d'un buisson qu'on écarte, un tumulte confus dans leur dos, les firent se relever vivement. Sur la petite esplanade cernée de taillis, Mélusine et les deux korrigans se figèrent. La besace d'Elwan traînait là, dans une flaque de pluie... Elwan avait disparu !
Elfir aussi.
Mélusine poussa un long cri de maman désespérée. Gallaör, déjà, s'était élancé à travers les taillis de ronces impénétrables mais que lui pénétrait quand même. Il avait le cuir plus dur que les épines qui le harcelaient. En se ruant, il éventrait les buissons hostiles et libérait un chemin par lequel Mélusine pouvait le suivre...
Mais où courait-il, ainsi ?
Mélusine se fia au flair de vieux chien de chasse de son korrigan, dont l'odorat savait distinguer, dans la moiteur âcre de Glezmol, les dernières effluves flottant là, presque dissoutes, du petit garçon évaporé...
Comme les ronces devenaient sans cesse plus touffues et agressives, Gallaör les dévorait à pleines dents, à mesure qu'il progressait, un peu comme Bronislav avec les feuilles empoisonnées de l'arbre de tout à l'heure.

Leçon de choses : les korrigans sont de race omnivore. Répétons-le donc, au risque de nous répéter : ils mangent tout, les plantes, les arbres, les ronces, les animaux, les ennemis, toute adversité qui se présente. Jamais aucun problème de digestion.
Fin de la leçon de choses.
Comme ils se frayaient un passage dans le cœur de cette forêt d'épines qui tentait de se refermer sur eux, Mélusine aperçut une fine racine mouvante, fuyant devant eux, étrangère au corps armé du taillis de ronces. Elle se faufilait, vive, agile comme une couleuvre, et se retirait, se rétractait...
— Là ! cria Mélusine.
Gallaör vit la racine. Il la suivit. La tranchée vive qu'il creusait parmi les ronces détourna son chemin et dessina une orbe large...
Tout en courant, Mélusine tentait d'empoigner la racine, de peur qu'elle ne leur échappât. Elle parvint à la saisir une fois, mais, fuyante comme une anguille, celle-ci lui glissa des mains... Ils suivirent sa course folle, se coulant dans son sillage, ne sentant plus leur fatigue. Les ronces se raréfièrent peu à peu.
Ils débouchèrent sur une aire dégagée, laissant derrière eux les dernières ronces. Ça faisait du bien.

Gallaör en avait un peu marre et commençait à n'avoir plus très faim. Il laissa échapper un rot sonore et musical. Les korrigans sont une race un peu malpolie.

La racine emprunta un chemin étroit qui tournait autour d'un gros arbre. Elle s'enroula autour du tronc et disparut. Mélusine et les korrigans se précipitèrent. Ils contournèrent l'arbre, et se figèrent, horrifiés.

La racine s'était enroulée sous le grand corps dont elle émanait.

Il s'agissait d'un buisson immense, qui se déployait en ramifications innombrables et fébriles, des bras impatients de saisir et de broyer, qui semblaient pouvoir grandir et s'étirer sans fin, en explorations tâtonnantes jusqu'aux confins de Glezmol. Le grand corps buissonneux palpitait d'une vie bruissante et furieuse. On eût dit que des rafales de vents le traversaient en tempête et lui imprimaient cette respiration profonde. Mais la plante haletait d'elle-même, furieuse, soufflant, toute gonflée de sève tumultueuse.

Fanny était là.

Et Elwan.

Et Elfir.

L'Hydre monstrueuse les enserrait dans ses tentacules.
L'Hydre de Glezmol.
L'Hydre végétale aux racines tentaculaires, aux appétits insatiables.
L'Hydre que Glezmol avait tirée de son sommeil séculaire pour les anéantir.
L'Hydre aux mille fleurs.
Aux mille fleurs *carnivores* !
L'Hydre qui s'apprêtait à dévorer les enfants.
Et même Elfir, le korrigan !

♋

L'Hydre semblait, en cet instant, peupler la forêt à elle seule. Comme une incarnation de Glezmol elle-même.
Ses petits prisonniers se balançaient tragiquement au-dessus des fleurs carnassières. Elle offrait les enfants et le petit korrigan à l'avidité des gueules voraces.
L'une des fleurs carnivores s'approcha, bavant les sucs acides qui l'aidaient à dissoudre puis digérer ses proies.
Les enfants hurlaient. Elfir semblait sans connais-

sance. Mélusine s'élança, sabre au clair. Sa lame jeta dans le crépuscule une lueur d'orage.

Les racines et les branches de ce buisson prodigieux étaient plus fines et tendres que les bras noueux du Gardien de Glezmol, et elle faucha les premières sans effort. Mais à mesure qu'elle tranchait des tentacules, qu'elle décapitait les fleurs, d'autres tentacules repoussaient, d'autres fleurs fleurissaient, toujours plus blanches, toujours plus belles, toujours plus menaçantes. Ses coups d'épée suscitaient des floraisons méchantes, comme autant de printemps vénéneux. Elle fut vite submergée par ce froufrou de pétales soyeux qui gonflait et envahissait tout. Acculée contre une racine, de la fatigue dans le bras et son épée lourde, lourde, soudain, dans sa main douloureuse, elle disparut sous une grappe de fleurs gourmandes, éclatantes et avides. Une racine vivant d'une vie propre la saisit et l'immobilisa, lui ceignant la taille ainsi qu'une ceinture de soie. Elle n'eut même pas la force d'appeler Gallaör à son secours.

Qui, lui aussi, succombait.

Oui !

Le fier Gallaör, l'invincible Gallaör se laissait déborder par la multitude dévorante de l'Hydre aux mille fleurs. Pris à la gorge par une branche épineuse, il s'endormait doucement, sous l'effet d'un venin aux senteurs de matin. Les fleurs affluaient, qu'on eût dit fleurs de paradis, mais qui se révélaient fleurs des enfers, korriganovores.

Toute la famille était à la merci de l'Hydre.

Elle s'apprêtait à les dévorer tous un par un.

Fanny et Elwan hurlaient toujours.

Là-bas, resté en retrait, Bronislav n'avait pas eu le temps de s'échapper. Une racine surgie des profondeurs hantées de Glezmol l'avait saisi par la cheville et le hissait haut dans les airs.

Elle le promena un instant dans le vide. Puis, elle le lâcha dans le tube digestif béant d'une fleur affamée.

Il poussa un cri de bête terrifiée, un jappement horrifié, un râle d'épouvante qui se perdit quand la gueule de la fleur se referma sur lui.

Bronislav disparut dans les profondeurs de la fleur carnivore. Direct dans l'estomac. Il n'aurait jamais cru que les fleurs pussent avoir un estomac.

Il sentit la morsure des sucs acides qui l'attaquaient déjà, pour le dissoudre.

« Je vais être digéré comme un steack, là-dedans !

C'est rigolo ! » se dit-il, tant il demeurait malicieux et curieux des choses, en toutes circonstances.

♋

L'Hydre aux mille fleurs agitait ses tentacules, ses branches, trépignait de toutes ses racines, comme ivre de joie, triomphante.

Les silhouettes pathétiques de ses proies se tordaient, dans l'emprise de ses lianes. Une tête fleurie s'approcha de Mélusine. Elle était toujours inerte, les reins pliés dans l'étreinte de la racine qui l'avait saisie.

La plante carnivore allait l'engloutir, comme cette autre avait dévoré Bronislav... quand soudain...

Un spasme courut par toutes les ramifications de l'Hydre. Un soubresaut. Un remugle qui gronda dans les entrailles végétales.

Un reflux de bile acide jaillit en geyser de la fleur qui avait mangé Bronislav. Comme un ressaut vomitif. Une régurgitation répugnante, un flot torrentiel de vomi de plante.

Sous la violence du spasme, la tête lui fut arrachée !

Ses beaux pétales délicats volaient partout, en efflorescence duveteuse.

Je t'aime un peu, beaucoup, passionnément...

Tandis que des entrailles de la fleur montait un effroyable gargouillis de lavabo bouché depuis trois siècles et qui se débouche d'un coup. Des torrents d'immondices jaillissaient en fontaine putride, toute pourriture, à rendre l'âme :

— Beuââââââârrrrgglllllhhhh !

Mélusine réveillée par cette apocalypse qui foudroyait l'ennemi reprit conscience :

— Bronislav !

Et en effet la silhouette désarticulée et clownesque de Bronislav dansait dans les flots du vomi de plante, propulsée dans les airs, fétu balayé par la pression. Il volait, refoulé du gouffre où on l'avait cru disparu à jamais...

Ce fut Elwan, là-haut, toujours prisonnier, qui élucida le mystère. Sa bonne humeur lui en revint d'un coup, et il aurait bien éclaté de rire, si le tentacule ne lui broyait pas si fort les boyaux.

— Hark, hark ! Bronislav sent tellement mauvais qu'il a fait vomir la plante carnivore, comme si elle avait avalé un vieux fromage qui pue avec du bleu dedans !

Et en effet, Bronislav, qui avait roulé au loin sur un tapis de feuilles mortes, se releva, tout ragaillardi,

paré de ses odeurs méphitiques comme d'une aura glorieuse.
Il comprit, lui aussi, la situation, et d'où venait son salut.
Il regarda autour de lui. Il vit Elwan, Mélusine, Fanny, et Elfir, et Gallaör, tous à la merci de l'Hydre.
Il sut ce qu'il avait à faire.
Il monta à l'assaut de la première fleur qui vint à lui, se déployant loin du grand corps commun de l'Hydre. Il l'escalada. Et il fit quelque chose qui glaça d'horreur toute la famille.
Il plongea volontairement dans la gueule de la fleur.
On le vit disparaître, tête la première, comme se jetant dans un toboggan de piscine.
Gloups.
La fleur eut comme un drôle de hoquet, comme quelqu'un qui vient d'avaler de travers un poisson avec toutes ses arêtes. Un poisson pas frais.
On comprit tout de suite qu'un grand tumulte lui remuait les intérieurs, à la fleur.
Elle vomit encore plus vite que la première fleur.
Sa tête sauta sous la pression, comme la première, tous ses pétales s'éparpillant, en apesanteur, comme des plumes d'édredon…
Bronislav se releva, tout gluant, et l'odeur du vomi

de fleur se mélangeait atrocement à son odeur naturelle d'égout bouché, et il puait encore plus qu'avant. On ne peut pas s'imaginer la chose. Il faut l'avoir reniflé de ses propres narines.
Ainsi, il se jeta dans le conduit des toutes les fleurs, les unes après les autres.
Et toutes le vomissaient.
Et toutes explosaient.
Et toutes s'effeuillaient.
Et toutes se mirent à faner, les unes après les autres !
— Vas-y, Bronislav ! Vas-y ! l'encourageait Elwan. T'es le plus grand, Bronislav ! T'es le plus puant ! Vive la crasse ! À bas l'hygiène !
Bientôt, l'Hydre aux mille fleurs ne fut plus qu'une hydre aux fleurs mortes. Une grande langueur gagna jusqu'au cœur de la créature végétale.
Ses tentacules d'où se retirait toute force relâchèrent leur étreinte, et Mélusine, libérée, roula au sol, la toute première. Puis Elwan, tout hilare. Et Fanny... Elfir. Gallaör...
Tous étaient libres. Tous étaient sauvés.
Ils contemplaient les floraisons éparses de l'Hydre gisant au sol, jaunies, desséchées, sans vie. Le buisson ardent où elles prenaient racine, le cœur fu-

rieux de l'Hydre avait cessé de battre et lui aussi se racornissait et se résorbait en taillis de brindilles mortes. Des branches noires se tordaient encore et semblaient implorer on ne savait qui.
Puis, plus rien ne bougea.
Mélusine consulta les clartés déclinantes qui brasillaient dans le ciel, et sonna le rappel des troupes :
— Houla ! Avec tout ça, on n'est pas en avance ! Dépêchons-nous, les enfants. Il sera bientôt trop tard !
Et la petite légion se remit en marche. On congratula Bronislav. Mélusine n'osa aller jusqu'à faire l'éloge de sa puanteur providentielle. C'était une telle guerre quotidienne, pour traîner Elwan sous la douche. Il hurlait, à chaque fois, comme si on l'assassinait ! Elle n'avait pas besoin de ça. Mais évidemment, le petit monstre ne laissa pas passer l'aubaine et il claironna, à l'adresse de sa mère :
— Tu vois bien, maman, que j'ai raison de ne pas vouloir me laver ! Ça peut servir, dans la vie, de sentir mauvais ! Je ne me laverai plus jamais les pieds. Ni plus rien du tout ! Je suis un guerrier. Un guerrier pue. Pour vaincre, il doit puer le plus fort possible !
Et il répéta ce qui, désormais, serait son cri de guerre, sa fière devise jusqu'à la fin des temps :

— À bas l'hygiène !

Mélusine soupira longuement. Mais ne répondit pas.

Chaque chose en son temps.

D'ailleurs, à propos de puanteur, des effluves légers leur parvenaient désormais, mêlés aux brumes de Glezmol...

Des odeurs douces et câlines, qui flattaient l'odorat.

Ça les changeait un peu...

Des senteurs capiteuses, qui firent oublier à Mélusine la puanteur de Bronislav.

Mieux qu'une odeur, un doux vertige...

La tête commença à lui tourner...

Et elle sut qu'ils étaient à nouveau en péril.

5
Les parfums de Glezmol

Elle huma l'air chargé de senteurs. Elle en cherchait le foyer.

Ce parfum qui s'affirmait et alourdissait l'atmosphère l'alanguissait, après l'avoir alertée. Elle se laissait aller, comme sans y penser, comme malgré elle, à un ravissement bienheureux. Fanny elle-même fut rapidement charmée :

— Mmmmmh ! Ça sent bon ! Qu'est-ce que c'est ? On dirait le parfum que tu te mets le matin...

Elwan, qui détestait les chimies dont se parent les filles, et sa mère en particulier, protesta :

— Beurk ! T'as raison ! Ça pue pareil ! Bronislav, ne respire pas ça ! C'est pas des odeurs de korrigan !

Mais son sens olfactif fut tout aussitôt sollicité par un autre fumet, qui sinuait parmi l'envoûtant parfum pour dame, sans jamais s'y fondre ni l'altérer. Il vint chatouiller les narines d'Elwan, et les siennes seulement. Et Elwan se laissa envahir par un sentiment sucré, et il ne sentit plus que cette bonne odeur de chocolat fondu qui lui faisait oublier ces vapeurs d'eau de toilette pour fille montant du fond des bois...

Fanny, fille et enfant, sembla hésiter entre les deux odeurs... Mais la gourmandise et l'enfance l'emportèrent bien vite et elle suivit Elwan. Il se laissait porter et semblait chercher la source de l'épaisse volute chocolatée...

Mélusine entra dans le sillage du parfum qui la cernait et l'invitait. Elle allait, sans défense, comme à la dérive...

Les korrigans avaient senti le danger. Ils allaient bondir, chacun se portant au secours de son maître ou de sa maîtresse, quand une sorte de remugle d'égout fit irruption dans l'atmosphère déjà saturée de parfum et d'effluves de chocolat sur le feu...

L'odeur de bouse infâme et de vomi à faire vomir, se fraya un chemin brutal parmi ces senteurs aimables et vint chatouiller les gros trous de nez des korrigans

C'est qu'ils adorent ça, comme on l'aura compris, les puanteurs de bouse et de vomi, les korrigans. Presqu'autant que les enfants la mousse au chocolat et Mélusine les parfums qui coûtent cher mais sen-

tent si bon qu'on se sent comme une princesse...
Tous semblaient en proie à un sortilège. Ils avaient abdiqué toute volonté. Leurs ardeurs guerrières, toute leur belle rage de vivre et de vaincre, semblaient s'être volatilisées, ou dissoutes, dans ces vertiges odoriférants... Désarmés, ils s'abandonnaient à cette ivresse que leur prodiguaient ces parfums, sollicitant et flattant leurs passions de maman, d'enfants et de korrigans...
Tous vacillaient. Tous titubaient. Tous étaient prêts de tomber, et de sombrer dans un sommeil dont ils ne se réveilleraient jamais.
Leurs idées se brouillaient. Le monde alentour semblait soudain incertain. Une brume nimbait tout, s'effilochait aux branches noires... Glezmol s'effaçait...
Mélusine , dans un sursaut de volonté, tenta de briser l'enchantement. Elle s'avisait enfin que ces parfums délicieux les tuaient. Mais il était trop tard. Elle s'affaissa, se meurtrit les genoux dans une ornière de glaise figée... Elle aperçut, devant elle, à le toucher, le petit arbuste fleuri qui l'avait attiré, et qui sentait bon le n°5 de Chanel.
Elwan était tombé, lui aussi, et il rampait misérablement vers cet autre buisson maléfique qui exha-

lait ces puissants effluves de chocolat fondant... Fanny s'était détournée, mais c'est qu'elle s'était laissé prendre au sortilège de ces fleurs rouges, là-bas, d'où s'échappaient des senteurs sucrées de fraises Tagada. Elle s'effondra la dernière.

Les korrigans arboraient, eux, de resplendissantes trognes aux nez rouges et aux bonnes joues roses, ce qui est toujours, chez eux, un signe alarmant de très mauvaise santé.

Ils allaient succomber, eux aussi, quand une bourrasque soudaine balaya les poisons. Un orage grondait depuis le matin dans les cieux noirs et libérait sans prévenir des tumultes trop longtemps contenus.

La conséquence fut que toutes les odeurs se mélangèrent. De merveilleux effluves pâtissiers et chocolatés vinrent se mêler aux puanteurs qui envoûtaient les korrigans.

Ceux-ci, submergés par la douceur horrible de ces odeurs gourmandes, éructèrent, toussèrent, et vomirent enfin, pour de bon, toutes les dégoûtations qui stagnaient dans leurs estomacs.

Ils avaient repris leurs belles couleurs verdâtres caca d'oie.

— C'est quoi, cette puanteur ? demanda Gallaör

entre deux gerbes acides.

— On dirait du chocolâââargh... éructa Bronislav, qui s'y connaissait

— Mélangé avec de la fraise Tagadâââargh... compléta Elfir.

Les vents brassaient toutes les émanations toxiques en une pestilence immonde où le chocolat se mêlait d'odeurs de boyaux, où la fraise sucrée prenait goût de parfum chic...

Suffoqués par ces mélanges contre nature, Mélusine et les enfants connurent les mêmes nausées que les korrigans, mais pour des raisons inverses... Et vomir toutes ses tripes, comme ça, d'un coup, ça réveille, par tous les Bloüsques de l'Univers !

Mélusine se redressa. D'un coup de rein fougueux et gracieux, elle fut sur pied. L'épée de son père s'éleva, luisante de puissances solaires, tranchante dans les rafales qui glissaient contre sa lame. Se bouchant le nez d'une main, elle trancha, décapita, déracina le premier buisson empoisonneur, celui, justement, qui fleurait bon le parfum chic et qui avait failli la perdre... Ses gestes étaient moins assurés, moins précisément ajustés qu'à l'accoutumée. Car ce n'est pas chose aisée que de manier le glaive d'une main en se bouchant le nez de l'autre. Mais bon, l'épée était ma-

gique. Ça compensait un peu...
Elwan et Fanny, imitant leur mère, se pincèrent les narines d'une main, tandis que de l'autre ils tranchaient à ras de terre le buisson au chocolat, les fleurs rouges à la fraise Tagada (publicité rigoureusement gratuite...). À vrai dire, Elwan faisait plus que se pincer les narines. Il en profitait pour mettre tout le doigt à l'intérieur du nez, parce que Mélusine le lui interdisait toujours, alors, là, il en profitait. Et d'ailleurs, ça tombait bien, car il les avait un peu sales et encombrés, les trous de nez...
Ainsi fut fait. Les mauvaises fleurs furent dûment piétinées. Et la petite troupe reprit sa marche toujours triomphale, quoiqu'un peu laborieuse, à la longue.
— C'est quand qu'on arrive ? demanda Fanny d'une petite voix geignarde.
Toujours, à ce moment du périple, elle s'impatientait, et elle éprouvait, aussi, ses premières fatigues de petite fille. Les rigueurs de cette odyssée hebdomadaire l'épuisaient vite. Et toujours, elle se plaignait de la même petite voix faible et implorante.
Et toujours, quand elle lançait ses premières plaintes, surgissaient de l'ombre humide les hordes de Mousks Putrides[1]. Mais alors, ceux-là, les

Mousks, donc, on les connaissait bien. Toutes les semaines, ils lançaient la même attaque, au même endroit, au même moment. Pfouh... On les remarquait à peine.
Et pourtant, ils étaient bien moches, eux aussi. Et pourtant, ils eussent paru bien effrayants à un promeneur moins aguerri et moins informé des peuples errants de Glezmol. Et pourtant, ils étaient furieusement anthropophages et la petite famille n'oubliait pas que s'ils leur tombaient dessus ainsi, c'était pour les manger tout vivants, gniak.
Comme les Mousks hurlaient fort en ouvrant large leur bouche aux lèvres gercées, on avait une vue bien dégagée sur tous les milliards de dents pourries mais encore acérées qui se bousculaient à l'intérieur et qui les déchiquetteraient bientôt.
Et toutes les semaines, à cette même heure, Fanny se demandait comment il se pouvait que tant de dents pussent tenir dans une bouche...

1. À ce propos, le lecteur prendra bien garde à ne pas confondre les Mousks et les Bloüsques. Rien à voir. Les Bloüsques sont de race guerrière, cruelle mais fière. Les Mousks sont petits, gras, charognards et sans prestige aucun. Si vous en croisez un jour, vous verrez tout de suite la différence et vous souviendrez de ce que je vous dis là.

6
Les cannibales de Glezmol

L'affaire fut promptement expédiée et ce chapitre ne sera pas très long : Mélusine repoussa les premières vagues d'adipeux prédateurs d'un simple coup de pied. Elle shoota dans le tas. Plaaf. Les rangs se disloquèrent et les vilains roulèrent dans l'ornière, s'éparpillant. La deuxième vague déferlait déjà, en grouillement de Mousks plus affamés, plus cannibales que des naufragés sur leur radeau de fortune... Les premiers arrivés sur Mélusine hasardèrent des canines jaunes sur sa chair tendre, sa peau de soie douce, ses épaules rondes et veloutées... Mais Gallaör les intercepta. Il les saisit à pleins bras, les emprisonnant, les broyant, les pressant contre lui de toute sa puissance. On entendit des os de Mousks craquer lugubrement. Du jus de Mousk dégoulina partout. Puis, il les mangea. Car les korrigans dévorent volontiers les Mousks can-

GALLAÖR CHASSE LE MOÜSK

nibales. Ça mange de tout, les korrigans, comme on croit l'avoir déjà dit : plantes carnivores, ronces, végétaux hostiles, animaux malveillants, humanoïdes hostiles, ennemis de tous horizons...

Bronislav et Elfir, mis en appétit par cette recette de Mousk concassé, se joignirent à Gallaör. Ils accueillirent à bras ouverts les gnomes bedonnants et innombrables qui s'abattaient sur eux. Ils les mangèrent au fur et à mesure, les uns après les autres, comme ils leur venaient. Ce fut un festin de roi. Ils les consommaient de la façon suivante : d'abord, ils les abattaient d'un bon coup sur la tête, ou les broyaient à la façon de Gallaör. Mais ils privilégièrent bien vite la technique dite du bon coup sur la tête, technique qui requiert promptitude dans la décision et précision dans l'exécution.

Puis, ils procédaient à l'ingestion progressive du putride, suivie d'une mastication lente et patiente, car la viande du Mousk est molle au regard mais dure sous la dent, il faut le savoir. Ça avait le goût du bœuf faisandé, un peu, mais en pire...

Ayant avalé d'un bruyant coup de glotte la dernière bouchée, ils recrachaient les milliards de dents, comme on ferait d'une esquille d'os, d'une arête de poisson, ou d'un noyau de cerise, mais en rafale de mitraillette, ratatatata. C'était le moment que préféraient les enfants, assis sur une branche d'arbre comme pour un spectacle en plein air. Le dernier Mousk avalé, la dernière dent recrachée, ils applaudirent bien fort.

Puis, Elwan, prenant conscience de ses devoirs de grand frère, se pencha vers sa petite sœur :

— Dis-donc… T'es sûre que ça ne te traumatise pas, toutes ces violences horribles ? C'est pas tellement de ton âge, finalement…

— Hôa, ben non. No problémo. Chuis morte de rire, au contraire. C'est tellement trop qu'on n'y croit pas vraiment. Tu trouves pas ?

Aussitôt dit, elle sauta au bas de l'arbre et rejoignit Mélusine qui, déjà, les appelait.

Elwan la suivit.

Les korrigans fermèrent la marche.

Ils repartirent.

Bronislav rota fort lyriquement, selon son habitude, mais Elfir aussi, et même Gallaör.

Les Mousks s'étaient montrés fort nombreux, ce jour-là, plus que d'habitude, et plus gras aussi. Ils étaient plus lourds à digérer.

— Dépêchons ! lança Mélusine. Le soir tombe. Nous avons pris du retard.

Ils se portaient en avant le dos voûté, d'une démarche harassée. La glaise, sous leurs semelles, leur semblait de plus en plus lourde.

— C'est quand qu'on arrive ? reprit Fanny.

Mélusine méditait une parole apaisante, quand, soudain, une voix s'éleva dans la touffeur du sous-bois.

Ils se figèrent.

Ils n'avaient pas fait trois pas depuis la défaite des Mousks.

Ils avaient affronté bien des adversités, bravé sans faillir bien des périls, triomphé d'ennemis inommables. Mais jamais, depuis qu'ils défiaient, semaine après semaine, les défenses de Glezmol, leur sang ne s'était glacé dans leurs veines comme en cet instant-là.

La voix semblait venir d'au-delà de la vie.

Elle se survivait en échos rocailleux, s'étranglait en toux d'agonisant, renaissait en ricanement sardonique.

Son timbre sépulcral faisait jaunir les feuilles.

Mourir les arbres.

Fuir les oiseaux.

Et cette voix parlait.

Et cette voix proférait.

Et cette voix pérorait.
Et cette voix édictait des sentences horribles qui, après avoir semé la mort et l'affliction parmi les créatures de la forêt, terrifiaient les enfants.
Et ces malédictions et ces abominations disaient des choses comme ceci :

Le participe passé
employé avec l'auxiliaire avoir
s'accorde en genre et en nombre
avec le complément d'objet direct
quand celui-ci
(un silence)
est placé avant.

C'en était trop.
Fanny perdit connaissance. Elle glissa sur un lit de fougères. Elle n'entendit plus la voix horrifiante. Qui, pourtant, déclamait encore.

7
Le mage de Glezmol

Glezrü, le mage de Glezmol, écarta les branchages qui le dissimulaient et s'avança dans un rai de lumière. Toute la famille le reconnut sur l'instant, bien qu'elle n'eût jamais encore croisé sa route.
La légende noire de Glezrü faisait trembler hommes et animaux par tout le vaste pays de Glezmol, et même au-delà. Il en était l'âme noire. Il gardait et protégeait jalousement tous les secrets de cette Terre maléfique.
D'un mot, d'une formule incantatoire, ce jeteur de sorts condamnait le promeneur égaré, appelait sur l'aventurier trop audacieux des malédictions sans recours.
Il avait entendu parler de cette famille insolente qui s'obstinait à traverser la forêt sacrée tous les mercredis pour aller faire ses courses dans un supermarché interdit. Sous prétexte que c'était le plus

le mage
Le Participe passé s'accorde en genre et en nombre avec le complément d'objet direct quand celui-ci est placé avant

proche et que ces arrogants ne se laissaient dicter leur conduite par personne, et n'obéissaient qu'à une seule loi : la leur.
Il les connaissait enfin.
Le temps était venu.
Le sanctuaire de Glezmol allait se refermer à jamais sur les sacrilèges.
S'avançant dans la lumière, il ne cessait de déclamer.
Elwan s'était jeté sur Fanny qui gisait toujours, inanimée. Il la secouait sans parvenir à la réveiller.
— Maman, maman ! Elle ne bouge plus !
Mais ce fut la voix encombrée de Glezrü qui lui répondit. Agitant les bras comme pour convoquer un nouveau maléfice, il lui adressa une nouvelle formule magique :

Je dors
Tu dors
Il dort
Nous dormons
Vous dormez
Ils dorment
Que je dorme
Que tu dormes
Qu'il dorme

Que nous dormions
Que vous dormiez
Qu'ils dorment

Elwan, stupéfait, reconnut la leçon de conjugaison ! Après la règle d'accord du participe passé qui avait terrassé Fanny, il fallait s'attendre à un maléfice de cette sorte. Mais il était trop tard. Il chancelait déjà. Alors, Glezrü, exploitant son avantage, lui asséna le coup de grâce :

Que je dormisse
Que tu dormisses
Qu'il dormît
Que nous dormissions
Que vous dormissiez
Qu'ils dormissent
Que j'eusse dormi
Que tu eusses dormi
Qu'il eût dormi
Que nous eussions dormi
Que vous eussiez dormi
Qu'ils eussent dormi

Les subjonctifs fatals (puisés dans on ne savait quels bas-fonds de la langue où ils gisaient, oubliés, sans emploi), les subjonctifs honnis, disions-nous, eurent raison de la vaillance du garçonnet.

Et il s'endormit donc, en effet. Vaincu par l'ennui.

Il s'effondra aux côtés de sa petite sœur.

La vision de ces deux petits êtres gisant côte à côte serrait le cœur.

Pour être sûr qu'ils ne se relèveraient pas, Glezrü les acheva d'une table de multiplication par 9, la pire. On l'épargnera au lecteur – ou à la lectrice – déjà éprouvé(e) par ce qui précède...

Mélusine, devant les corps inertes de ses enfants, poussa un cri d'animal blessé... Elle se tourna vers les korrigans. Où étaient-ils passés, ceux-là ?

En les voyant endormis eux aussi, d'emblée hors de combat, elle se souvint que tout ce qui touchait de près ou de loin aux disciplines scolaires agissait sur eux comme un puissant sédatif. Les korrigans sont de grands enfants.

Glezrü se tourna triomphalement vers Mélusine. Il se tenait au sommet d'un tertre couvert de mousse, hors d'atteinte immédiate. Le temps que Mélusine furieuse, désespérée, ne montât à l'assaut du mage, celui-ci lançait vers elle les premiers mots d'un nouveau soliloque, les lances perfides d'un nouveau sort :

Les sanglots longs
Des violons
De l'automne
Blessent mon coeur
D'une langueur
Monotone.

La voix aigre et fausse, encombrée de glaires méphitiques, contredisait le chant du poème, en ruinait l'harmonie.

Mélusine l'écoutait, stupéfaite. Glezrü crut sa victoire assurée et qu'il la tenait en son pouvoir et qu'elle allait s'endormir là, comme les autres, à tout jamais, et que la fin était enfin venue, de ces ennemis de Glezmol.

Mais, aussitôt, Mélusine entra en furie. Une rage tempétueuse la soulevait soudain. Et elle tendit vers Glezrü son museau adorable, que contractait pourtant une furieuse envie de mordre. Pourtant, hein, ce gros moche mal lavé ne lui inspirait que répugnance et dégoût.

Et donc, elle l'harangua, d'une voix qu'altérait la colère :

— Non mais c'est quoi, ces salades ? Tu crois que tu vas m'attendrir avec tes violons, là ? Tes vers de pleureuse ? Et que je vais me pâmer et avoir des vapeurs de marquise et que tu vas m'avoir comme ça ? Tu me prends pour une cruche ? pour une dinde ? pour une midinette ? pour une lectrice de roman à l'eau de rose ? pour une fille ? pour une fleur bleue ? pour une ménagère de moins de cinquante ans ? pour une pauvre petite chose fragile ? Et pourquoi que tu me chanterais pas une chanson d'amour, tant que t'y es ? Des fois que je m'effondre en sanglots ?

Glezrü, interloqué par l'attaque, perdit le fil du poème, en mélangea un peu les strophes. Mais il se reprit vite et tenta aussitôt de reprendre l'avantage. Il voulut asséner à cette mégère inaccessible au vertige poétique un coup propre à l'anéantir. Et lui décocha trois vers pour filles, auxquels elle ne résisterait pas, parce que c'est sensible, les filles, il le savait de science de mage. Il déclama donc, du sanglot dans les glaires :

Je me souviens
Des jours anciens
Et je pleure...

Alors, Mélusine sut comment l'anéantir, ce mage fétide. Elle sut qu'il suffisait de retourner contre lui ses propres armes. Et elle lui déclama, en retour, un poème de son invention. Sa fureur pouvait passer pour de la ferveur :

Tu crois ainsi
M'endormir
Avec des poésies ?
Que ça peut suffire ?

Viens un peu par là !
Je t'en foutrai des élégies
Espèce de vieux pourri
Sale puant cancrelat

Tu me prends pour une blonde ?
T'entends pas comme je gronde ?
Moi quand je fais des rimes
C'est pas pour de la frime

Devant la vulgarité de cet art poétique et la pauvreté de ces rimes atroces, Glezrü recula, suffoqua, changea de couleur. Un feu intérieur sembla le consumer soudainement.

— Arh, arh, gargouillait-il.

Il crachota quelques petits glaires verdâtres. Toute sa poésie, et son arithmétique, et ses conjugaisons, l'étouffaient soudain. Il devint tout noir, et sa silhouette sembla se ramollir. On aurait cru un ballon qui se dégonflait. Ses os devinrent tout craquants, et il commença à grésiller, à cuire sur place, à perdre toute consistance.

Il se dissolvait là, comme sous l'effet d'un acide. Psscchh. Mélusine contemplait la désagrégation de son adversaire, étonnée de vaincre si facilement, stupéfaite de la réaction chimique qu'elle avait provoquée.

— C'est fou, ça, de partir en fumée pour un poème mal tourné.

La silhouette sombre s'affaissa, se disloqua, comme une bâtisse qui cède et s'effondre au cœur d'un brasier. Mélusine eut du mal à soutenir du regard ce spectacle. Les yeux lui brûlaient et elle ne vit pas Glezrü disparaître et fondre tout à fait. Elle distinguait à peine cette ombre qui s'évanouissait derrière un écran d'épaisses fumées.

Il ne resta bientôt plus du grand mage de Glezmol qu'un petit tas fumant âcrement, sur sa colline de terre meuble et moussue.

— Je t'en foutrais de la magie ! Je t'en foutrais de la poésie ! répétait Mélusine, encore toute fulminante. Elle se frottait les yeux.

— Tu fais des rimes, maman ? interrogea une petite voix.

C'était Fanny qui se réveillait. L'enchantement de Glezrü était rompu.

— Tu l'as bien eu, ce puant ! reprit Elwan.

Bronislav, qui avait toujours une petite faim au réveil, goûta un peu le petit tas fumant sur la butte mais trouva ça « pas bon ».

Mélusine relança sa petite troupe :

— *En route, les enfants,*
On n'a plus beaucoup de temps.

Elwan et Fanny lui répondirent en choeur, et leurs petites voix s'entremêlaient :

— *Faudra pas*
Oublier
D'acheter
Du chocolat
Et aussi
Saperlotte
Des kiwis
Et des biscottes.

Ils papotèrent longtemps ainsi, en vers, comme ça venait, tout rimaillants et farceurs. Sans y prêter attention. Le mage Glezrü en eût été le premier étonné...

8
Les révoltés de Glezmol

— Attention ! Là ! Couchez-vous !

Mélusine s'abattit sur Elwan et Fanny. Ils roulèrent dans la boue avec leur mère...

Les korrigans, qui n'avaient jamais peur de rien, ne se couchaient jamais, en aucun cas, sauf quand Mélusine le leur ordonnait. Alors ils roulèrent, eux aussi. Ils adoraient ça, à vrai dire, se rouler dans la boue, et ils le faisaient souvent, mais pour le plaisir, jamais pour se cacher d'un ennemi. Ils aimaient que la vie fût pleine d'ennemis toujours prêts à surgir, qu'ils pouvaient battre et massacrer et, même, manger. Il était rare qu'une petite faim sournoise et insistante ne leur taquinât pas les entrailles. Et puis, l'appétit vient en luttant.

Ils s'affalèrent dans une flaque d'eau sale en grognant de satisfaction. Puis, rampèrent jusqu'à Mélusine, histoire de connaître un peu le pourquoi des choses.

— Chut ! leur intima-t-elle.

Elle tenait toujours serrés contre elle les deux enfants. Elle se coulait dans le sous-bois, ramassée sur elle-même comme une louve prête à bondir, secrète et fondue dans la nature comme une sentinelle indienne.

À quelques mètres en contrebas, au pied du talus, une colonne de Möps défilait en silence. Ils traînaient un peu des tentacules, et progressaient en fournissant un effort douloureux. Tout, dans leur attitude, exprimait la lassitude. Mais le Möps est, par nature, une créature lasse.

Cette forêt grouillait de populations tentaculaires. Au sein de ce grouillement, les Möps se distinguaient.

Les Möps vivaient sous le joug hautain des Bloüsques. Il en avait toujours été ainsi.

C'est du moins ce qui s'inculquait aux petits Bloüsques et aux petits Möps, dans leurs écoles respectives. Comme si la supériorité des Bloüsques eût été une loi naturelle – la supériorité des Bloüsques à poils drus (ceux-là même dont la tête repousse quand on la coupe, ainsi que nous l'avons déjà vu). À ne pas confondre avec les Blousques goitreux, seigneurie subalterne, maîtres des Möps, mais vassaux des Bloüsques à poils drus. D'ailleurs, les Bloüsques goitreux étaient en voie d'extinction et l'on n'en croisait plus guère par les sentiers obscurs de Glezmol.

Or donc, les Bloüsques à poils drus maintenaient dans la pire servitude les Möps, que la nature avait privés – cruellement – des membres de la motricité. Ils ne se déplaçaient qu'à grand-peine, à la force de leurs tentacules spongieux, mus seulement par le sentiment d'un danger imminent. Certains néanmoins, la jeunesse passée, décidaient de ne plus se mouvoir et de vivre là où leurs derniers efforts les avaient portés. Ils consumaient patiemment, immobiles et vacants, leurs dernières années. Ce pouvait être long, car les Möps vivaient 750 ans, le double des Bloüsques. Ils voyaient mourir leurs maîtres. Impuissants à renverser l'ordre des choses, ils se sentaient vengés par une loi de nature qui démentait la loi sociale. Aucun Möps ne s'avisait jamais de cette contradiction : des créatures puissantes, féroces mais éphémères dominaient sans effort des citoyens de deuxième zone qui pourtant leurs survivraient éternellement, ou presque...

Longtemps, les Möps ne connurent donc pas la révolte. Ils subissaient sans ciller le destin qui leur était assigné.

Puis, Adenaü survint.

Adenaü n'était pas comme les autres Möps. Son sentiment de révolte s'était forgé au feu des lectures insatiables qui le tenaient éveillé des nuits entières.

Il prit ombrage de la servitude dans laquelle vivaient les Möps, ses frères. Il entra en campagne. Il se révéla être un formidable éveilleur de consciences. Bientôt il leva une armée.

D'abord, les Bloüsques rigolèrent grassement. Puis écrasèrent sans mal les premières révoltes. La révolution en rampant n'est pas chose facile. Mais les foyers d'insurrection se multipliaient.

Les Bloüsques réprimaient, brutaux et hilares. Mais les Möps, mous et élastiques, absorbaient les coups de gourdin sans presque rien sentir. Ils en furent les premiers étonnés.

Les Bloüsques durent donc faire des prisonniers... Des milliers de prisonniers... On ne savait plus où les mettre, tous ces Möps ! Et en plus ils ne mourraient pas... Ou alors si vieux que plus personne ne savait qui ils étaient ni ce qu'ils faisaient en prison...

Et, toujours, Adenaü échappait à ses poursuivants. Jamais on ne l'attrapa.
La grande guerre de libération des Möps entrait dans sa 150e année. Les Möps qui venaient de prendre d'assaut l'hôtel de ville de Glezmol, siège et symbole de la tyrannie Bloüsque, juste en face du Supermarché de la Mort...
« Tu parles si c'est pratique pour faire ses courses ! » comme disait Mélusine qui, bien qu'humaine et point directement concernée par cette guerre, était sympathisante Möps.

♋

L'escouade cheminait laborieusement. Chaque Möps laissait derrière lui une longue traîne de bave irisée. L'indolence naturelle des Möps était battue en brèche par l'agitation du premier d'entre eux.
Celui-ci se portait en avant en exhortant sa troupe. Il agitait fiévreusement ses tentacules dans un geste lyrique et impérial qui voulait emporter l'adhésion, inspirer la ferveur, galvaniser les ardeurs guerrières... Les Möps, en arrière, soupiraient et soufflaient en se traînant... « Qu'ils sont lourds, ces Möps ! » semblait penser leur meneur.

Meneur de Möps, c'est une vocation ! Faut le vouloir.
Et justement, ce chef Möps-là semblait habité par une passion qui le débordait, dans la pleine conscience éblouie d'une mission qui lui incombait. Qu'il devait mener à bien. Là était le sens de sa vie. Rien d'autre ne comptait...
Ce Möps-là était charismatique. Chose rare. Chose remarquable.
Elwan, que dissimulait une branche de bruyère, ne le perdait pas des yeux.
Il donna un coup de coude à Fanny :
— Regarde ! Regarde ! C'est lui ! C'est Adenaü ! C'est lui, je te dis !
— Ouaille ! Tu me fais mal ! Maman ! Elwan, il me donne des coups de coude !
— Silence !Taisez-vous ! On va se faire remarquer !
Mélusine, ce disant, reconnaissait en ce chef tumultueux, bien qu'engoncé dans ses ventouses spongieuses, le grand chef des Möps. L'idole d'Elwan, qui s'exaltait aux récits de la légende d'Adenaü, telle qu'elle courait par toute la Province de Glezmol. Il se la racontait, le soir, dans l'obscurité de la chambre, pour s'endormir...
— Moi, coassa Fanny, je ne trouve pas qu'il ait tel-

lement l'air d'un héros ! Il ressemble plutôt à un Möps. Il est petit, il est gros, il est tout mou du bide, il se traîne sur ses ventouses qui collent au sol et laissent dès traces de bave, beurk. Il a beau agiter ses tentacules au-dessus de sa tête comme dans un vieux film de Louis de Funès, c'est pas avec ça qu'il va faire la Révolution ! Les Bloüsques doivent bien rigoler ! Ils peuvent dormir tranquilles ! Pourtant, je les aime pas, moi, les Bloüsques ! C'est vrai, ça, maman, que leurs têtes repoussent quand on les coupe ?

Elwan ne pouvait s'empêcher d'être déçu, lui aussi, par les apparences du héros mythique. Il n'était pas loin de penser comme sa sœur, mais il ne se l'avouait pas lui-même, et pour rien au monde il n'aurait consenti à le reconnaître publiquement.

Il s'apprêtait à protester et à prendre la défense du grand chef Möps, à ériger un rempart de démentis tout autour de son rêve, pour le préserver, quand il sentit le sol se dérober sous lui.

Fanny poussa un cri d'horreur en voyant son frère basculer dans le vide.

Une faille s'ouvrait sous eux !

La terre hostile de Glezmol bâillait à large gueule, et ouvrait des précipices.

Ne pouvant venir à bout de leur obstination, Glezmol semblait vouloir les engloutir à jamais...
La ravin s'élargissait lentement.
Le cri d'Elwan se perdit dans des profondeurs nuiteuses.
Mélusine voulut hurler à son tour. Ou plutôt, elle ne voulut rien. Ce fut le hurlement qui lui monta à la gorge, sans qu'elle l'eût décidé. Mais rien ne sortit. Elle restait là, tétanisée, révulsée, en proie à une horreur muette. Et cette horreur la broyait. Et ce cauchemar l'enserrait dans sa griffe. La fin du monde advenait et elle ne savait rien faire pour l'empêcher.
Ni rien dire. Ni même crier.
Alors, Gallaör le premier sauta dans le vide !
On ne saurait jamais ce qui lui était passé par la tête. Quel était son plan ? Peut-être n'en avait-il pas. Un enfant était tombé, il fallait le rattraper, rien d'autre. C'est pas compliqué, les korrigans.
Alors, Bronislav fit de même. Dans tout ce vide incertain et sans fond, ils ne seraient pas trop de deux pour repêcher le petit.
Du coup, Elfir suivit le mouvement. Hop !
Mélusine les regardait bondir, et sauter, et disparaître, les uns après les autres. Se vouer à cet en-

gloutissement sans retour, comme ça, hop, parce qu'il n'y avait rien d'autre à faire.
Tandis qu'elle demeurait sans force, elle, fille du soleil. Sans force et sans voix.
Mais quand Fanny sauta à son tour, dans cet élan désespéré qui disait sa volonté éperdue de retrouver son frère... quand Fanny tomba... quand Fanny sortit de son champ de vision... quand Fanny disparut... à cet instant et à cet instant seulement, elle cria.
Là, oui, elle cria.
Un cri comme on n'en avait jamais entendu.
Un cri de fin du monde.
Un cri de fin de tout.
Elle libéra ce cri qui était resté bloqué dans sa gorge. Elle l'expulsa dans un râle éperdu, un jaillissement de tout son être.
Et, tandis qu'elle s'abattait, sans force, sans vie, au bord de la rive où elle demeurait, enlacée par une racine, son cri ricochait longuement contre les parois du gouffre dévoreur d'enfance.
On eût dit que c'était la terre elle-même qui hurlait ainsi.
Que ce cri jaillissait des entrailles du monde.

9
Les gouffres de Glezmol

Elwan tombait, tombait, tombait...

Ce n'était pas désagréable, une fois la première surprise passée.

Une fois toute peur dissipée... Dissipée ? Pas tout-à-fait, à vrai dire...

Mais depuis quelque temps, il n'avait plus la sensation de tomber, d'être happé par ce précipice qui s'était ouvert sous ses pieds... Non... Il avait plutôt le sentiment de flotter dans les airs... de planer... de dériver...

Il écarta les bras, et il éprouva avec délice le froissement de sa chemise, et la caresse enivrante des vents froids au travers desquels il passait, comme un boulet. Et l'humidité des brumes qu'il déchirait...

Il tombait... Il volait... Cela semblait ne jamais devoir finir... D'ailleurs ne dit-on pas que les gouffres de Glezmol sont « sans fond » ?

Un hululement lointain lui parvint lentement, qui troublait le silence de ces hauts fonds, opaques comme la nuit où tout se perdait...

Il comprit tout de suite, il sentit, que cet appel lointain s'adressait à lui... Il crut tout d'abord à un chant de sirène. Mais à mesure que la voix se rapprochait de lui, elle prenait force et vigueur et raucité. En se fortifiant, elle se chargeait d'angoisse et d'une terreur, et d'un désespoir indicibles... C'était un cri comme il n'en avait jamais entendu, comme il ne savait pas qu'on pût en pousser, ni de quelle sorte de gorge il pouvait bien sortir... Il crut un instant que c'étaient les profondeurs où il s'enfonçait qui chantaient ainsi, horriblement, de plus en plus fort... Mais non... C'était bien le cri qui le rattrapait, qui le rejoignait, qui tombait et se déployait vers lui...

Alors, quand il eut compris ceci, il reconnut la voix de Mélusine, et il sut que sa maman l'appelait et le pleurait et mourait, là-haut, de détresse et d'abandon...

Puis, un gargouillement putride vint se mêler à ce désespoir de mère... Une grosse rigolade à pleins boyaux... Et là, il reconnut tout de suite ce gros rire idiot, cet esclaffement crétin des korrigans.

Et en effet, il les vit passer devant lui.
Comme lui, ils tombaient. Mais, beaucoup plus lourds, accrochés les uns aux autres, en grappe de korrigans, ils l'avaient rattrapé dans sa chute et même, ils le dépassaient, vraoum...
Il les vit disparaître devant lui, tout là-bas, se fondre dans les ténèbres sans contour et sans fin, où il s'ébrouait...
— À quoi ils jouent, ceux-là, encore ? se demanda-t-il.
Mais enfin, de les savoir là le rassura. Ils le précédaient désormais dans cet univers inconnu et vertical. Rien de grave ne pouvait plus lui arriver.
Il continua de tomber, mais plus sereinement.
Mais un autre cri lui parvint, plus aigu, plus trouillard...
C'était le petit cri d'une toute petite voix qui exprimait une très grande terreur :
— Hiiiiiiiiiiiiiiiiiii...
Il ne connaissait qu'une seule personne capable de lui meurtrir et massacrer les oreilles ainsi, pour un oui pour un non, avec ses petits piaillements d'oiseau pris au piège. Le cri lui vrillait le dedans de la tête comme un foret de perceuse électrique, à devenir fou furieux.

Oui, il n'en connaissait qu'une capable de venir lui casser les pieds jusqu'ici, dans cette extase de la chute libre, dans cet abandon bienheureux.
Il se mit en torsion et lança sa question par-dessus son épaule, d'une voix rogue :
— Fanny ! C'est toi ? Qu'est-ce que tu fais là ? Pas moyen d'avoir la paix ! Je le crois pas, ça ! Tu m'énerves ! Et puis tu vas te faire mal ! Tu vas t'écrabouiller je ne sais où ! Remonte tout de suite ! Maman va s'inquiéter !
— Hiiiiii !!!! Je ne sais pas comment remonter ! Et puis tu dis ça pour être tranquille ! Je suis venue te chercher ! Je ne veux pas que tu disparaisses à jamais dans ce gouffre sans fond !
— Rhâlala ! Mais de quoi je me mêle ?
— Dis-donc ! On va dégringoler longtemps comme ça ?
— Ben, c'est un gouffre sans fond, alors on va dégringoler tout le temps, jusqu'à ce qu'on devienne très vieux et très moches, et même là, on continuera à tomber, tomber... À moins qu'on soit mort de faim et de soif entre-temps. Là, on tombera aussi, sans arrêt, mais on s'en rendra plus compte. Enfin, bon, on va tomber toujours, toujours, jusqu'à la fin des temps...

— Hiiiii… C'est horriiible ! Je ne veux pas devenir très vieille et très moche, ni mourir de faim, ni mourir de soif, et c'est pas une vie, ça, de tomber comme ça, pour s'écraser nulle part, et j'ai plein de trucs à faire, moi, dans la vie, et tout ça c'est de ta faute !!!

— Hé ho ! Personne t'a demandé de plonger, non plus !

— Hiiiiii… Parle-moi gentiment !!!!

La petite fille, plus légère que son frère, ne parvenait pas à le rattraper, comme, tout à l'heure, les trois korrigans.

Ils tombaient donc toujours, chacun à son rythme, se chamaillant à distance, Elwan râlant, Fanny pleurant et hurlant qu'elle ne voulait pas tomber comme ça jusqu'à la fin des temps et qu'elle commençait à en avoir marre de ces courses au Supermarché de la Mort, toutes les semaines c'était la même chose, et qu'elle commençait à avoir faim, et qu'elle commençait à être fatiguée, et qu'elle voulait remonter, et retrouver sa maman, et sa maison, et son lit.

Mais ses protestations se perdaient dans tout cet infini où ils tournoyaient…

♋

— T'as raison, finalement, concéda Elwan. Ça commence à être longuet, ce vol plané.

Il entreprit de réfléchir aux moyens d'inverser la tendance. Il chercha les voies qui leur permettraient de revenir à l'air libre. Il prit aussitôt conscience qu'il n'en existait pas.

Ce fut alors qu'il s'écrasa contre le sol, dans un fracas de tout so petit être chamailleur.

Braoum.

— Chuis mort, se dit-il. Le gouffre sans fond a un fond et je viens de m'y aplatir comme une bouse.

Il n'eut pas le temps de se désespérer, ni de s'étonner de cette étrange mort qui lui laissait toutes ses facultés et une claire conscience de sa situation. Un boulet de canon lui chut sur les épaules, re-braoum.

— Hiiiii !!!!!! couinait le boulet de canon.

L'obscurité noyait tout, mais il reconnut la voix de Fanny, et sa façon de couiner insupportablement et sa manie de lui tomber sur le dos à tout bout de champ.

— Ça va pas, non, de me sauter dessus comme ça ? Tu peux pas viser un peu ?

— Non, je ne pouvais pas viser, espèce d'idiot !

Qu'est-ce que tu crois ? Que c'est un plaisir de tomber sur toi ? T'es tout maigre. T'es plein d'os pointus. Tu m'as fait mal, voilà ! Excuse-toi, plutôt, au lieu de m'accuser !

Le sol qui avait mis un terme à leur chute émit un son étrange. Un sorte de grognement familier.

Cette terre profonde faisait des bruits de korrigans.

— Gromph.

— C'est toi Gallaör ? interrogea Elwan.

— Homph, répondit Gallaör.

Ce fond de basse-fosse où ils s'étaient écrasés rudement, c'était le ventre de Gallaör !

Comment se pouvait-ce ?

Leurs yeux s'habituant à l'obscurité, ils virent, ils comprirent.

La chose se pouvait.

Les trois korrigans faisaient la chaîne, Elfir empoignant les chevilles de Gallaör, Gallaör empoignant les chevilles de Bronislav. Bronislav s'accrochait de tous ses poings à la paroi du ravin, Elfir prenait appui de tous ses pieds contre la paroi opposée. (S'il s'avère que ces explications manquent de clarté, le lecteur se reportera utilement à l'illustration ci-jointe).

Les deux parois, à cette profondeur du gouffre, se

rejoignaient presque. Ne les séparait guère que la longueur de trois korrigans d'inégales statures accrochés les uns aux autres.
Mais le gouffre se creusait toujours, infiniment, et les parois s'éloignaient déjà, obligeant les korrigans à s'étirer démesurément… On entendait craquer muscles et tendons, et se disjoindre leurs articulations martyrisées… Elwan et Fanny étaient tombés dans ce hamac en muscles de korrigans, tendu à leur intention… Qu'ils étaient donc ingénieux, jusque dans le péril le plus extrême, ces korrigans !
Un craquement de roche se propagea. Les parois s'écartèrent soudain, brutalement, au-delà de ce que pouvait couvrir la chaîne des korrigans. Elfir lâcha prise et se raccrocha à une saillie rocheuse. La faille s'élargissant emportait dans son mouvement Gallaör et Bronislav, auxquels s'agrippaient les deux enfants. Ils ne se chamaillaient plus. Miracle.
Ils hurlaient de terreur.
Elfir, là-bas, escaladait déjà sa paroi, avec l'agilité d'un jeune primate. Il ne quittait pas des yeux la lumière du jour, qui brillait faiblement, comme une étoile lointaine.
Sur l'autre paroi, Gallaör et Bronislav faisaient de

même. Les deux enfants étreignaient l'encolure de Gallaör en frissonnant.

Il leur avait semblé tomber interminablement, plonger en des profondeurs dont ils ne reviendraient jamais.

Pourtant, les korrigans refirent le chemin inverse avec une aisance et une rapidité qui les stupéfia. Ils se balançaient mollement, contre la surface verticale, s'aidaient de la moindre anfractuosité, l'appui le plus ténu leur suffisait. Ils se hissaient d'une impulsion vigoureuse jusqu'à la prochaine prise.

À mesure qu'ils progressaient, les parois s'éloignaient. Elfir leur semblait tout petit, comme un lézard preste se faufilant par saccades nerveuses, plus vif que le regard.

La lumière du jour déferlait désormais en flots impétueux, en larges coulées abondantes. Ils se laissaient inonder et s'offraient en riant à ces clartés joueuses, à ce bain de couleurs qui les éblouissait. Ils renaissaient à la vie.

Elfir, dans un dernier effort, se hissa sur le plateau et roula auprès de Mélusine.

Hagarde, elle le regarda venir à elle. Puis, elle éleva son regard vers l'autre rive, inaccessible, et qui s'éloignait encore.

Elle reconnut les silhouettes dansantes et joyeuses de ses enfants, et la masse voûtée et colossale des deux korrigans.

Ses enfants qui lui étaient rendus. Ses enfants sauvés, ressuscités, revenus des enfers ! Mais que la faille, s'élargissant toujours, lui dérobait. Il semblait que c'était la Terre tout entière qui s'ouvrait ainsi en deux, comme un fruit séparé, comme une pomme tranchée par le trognon, comme une cellule se multipliant, et que les deux moitiés bientôt détachées l'une de l'autre erreraient de par l'Univers sans plus jamais se rejoindre.

Et ses enfants étaient là-bas, en exil, sur ce demi-monde fuyant !

Avant qu'il ne soit trop tard, Gallaör et Bronislav, se ramassèrent, rassemblèrent toute leur réserve d'énergie et de force, prirent leur élan, un élan formidable, et s'élancèrent.

Ils se jetèrent dans le vide.

Leurs silhouettes infimes semblaient en suspension dans ce vide immense qui bâillait.

Mais l'impulsion qui les propulsait était si puissante, si formidable, tellement irrésistible, qu'ils franchirent les espaces infinis et s'abattirent en grand tumulte aux pieds gracieux de Mélusine.

Dans une déflagration de poussière et de terre soulevée. Blaoum.

Que pouvaient donc faire les enfants, restés sur l'autre rive, au loin, si loin, toujours plus loin ?

Ils firent de même.

Ils n'étaient pas doués de la même puissance invincible que les korrigans, beaucoup s'en fallait. Pourtant, ils franchirent le précipice avec plus d'aisance encore.

C'est que leur maman avaient eu la bonne idée de leur faire chausser leurs bottes de Sept Lieues, ainsi que la chose fut rapportée au début même de ce récit, si l'on se souvient bien.

Mélusine sanglotait, défaillait de joie, de bonheur, de tendresse maternelle. La vie circulait à nouveau dans ses veines, une vie vermeille, caracolante comme un torrent de montagne. Un joli rose lui montait aux joues.

Elle embrassait ses enfants, elle embrassait ses korrigans. Ses enfants l'embrassaient, l'étreignaient.

Les korrigans, peu habitués à ces effusions, auxquelles on ne les invitait que rarement, embrassaient à tour de bras, eux aussi. Ils étreignaient, ils berçaient, ils cajolaient. Ils laissèrent de longues morves gluantes sur les joues rondes de Mélusine, mais rien, jamais, n'altérait son teint de pêche.

Elle les regardait. Ils lui semblaient plus grognants et baveux que nature. Ses yeux brillaient de gratitude.

Elle souriait, elle riait.

Sitôt qu'ils furent rassemblés, réunis à nouveau, comblés, étourdis de bonheur, le gouffre cessa de s'élargir. Et même, la plaie immense se referma lentement.

La terre de Glezmol scella de boue élastique la longue blessure. Le vent la couvrit d'un voile de poussière, d'une traîne de feuilles mortes. Plus rien n'en parut.

Enfin, ceci fait, et bien fait, ils reprirent leur marche en avant.

De grands désordres semblaient se déchaîner, quelque part, en avant d'eux. Ils n'en percevaient que le grondement indistinct. Ils traversèrent le dernier buisson, ils écartèrent de la main la dernière branche.

Une lueur d'incendie leur brûla les yeux. L'immensité formidable du Supermarché de la Mort emplissait l'horizon.

10
La bataille de Glezmol

L'esplanade qui séparait l'hôtel de ville du Supermarché était comble.
Les mendiants qui campaient en permanence aux abords du Supermarché étaient de toutes sortes et de toutes origines...
On trouvait là un échantillon presque complet des peuples de Glezmol : des Göfles à poils rutilants, des Mourfles goîtreux, des Myrthozes amphibies...
Des créatures à écailles, des à trompes, d'autres à ventouses, des rampants, des bondissants... Tous également accablés, tous épuisés de misère, tous réduits et vaincus par la tyrannie des Bloüsques. Ils demeuraient là, dans la tristesse des jours. Sans domicile, sans identité, sans espoir, sans avenir... Parfois, quelques-uns tentaient de s'introduire dans le Supermarché, mais les Bloüsques les refoulaient brutalement... Les révoltés d'un instant retournaient à leur apathie...

Les abords du Supermarché étaient le théâtre de ce renoncement général.

Mais, ce jour-là, l'esplanade connaissait une agitation inhabituelle. La foule qui s'y pressait semblait courue de flux qui se contrariaient.

Les miséreux qui gisaient d'ordinaire sans force semblaient connaître un regain de vigueur. Mais c'était l'énergie du désespoir qui les avait fait se lever : l'offensive Möps avait commencé au petit matin. Tous fuyaient précipitamment les combats. Leur course éperdue se heurtait aux mouvements d'encerclement qu'ébauchaient les troupes Möps. Ces courants contraires se mêlaient involontairement, s'enroulaient les uns sur les autres, en remous de tempête qui engloutissaient les plus faibles. Une rumeur montait de cette mêlée. Une plainte diverse qui exprimait les cent douleurs, les mille détresses piétinantes qui s'y bousculaient, dans cette confusion et cette folie des foules ivres. Ça pleurait, ça criait, ça geignait. Les voix s'unissaient dans ce chant désespéré, où alternaient, comme autant de couplets, révolte, colère, terreur, et même rigolade. La rigolade venait des Göfles à poils rutilants. Ça rigole tout le temps, les Göfles à poils rutilants.

Les Möps parvinrent à cerner les armées bloüsques, qui gardaient les entrées du Supermarché. Les entrées, et, plus que tout, les rayons tout regorgeants de nourritures festives, de fruits de saison, de légumes baroques et bios, de fromages fastueux aux puanteurs de fin du monde, de confiseries multicolores, de pâtisseries grasses. La chaude tiédeur des pains gonflant doucement dans les fours nimbait toute cette abondance.

Tout ceci, et tout le reste, était réservé aux Seigneurs des Hauts-Plateaux. La haute noblesse bloüsque confisquait et s'arrogeait toutes les ressources de cette terre de Glezmol, hostile au promeneur mais fertile, cependant, féconde et généreuse.

Ainsi avaient-ils fait de ce paradis possible un enfer avéré.

♋

Adenaü et sa troupe émergèrent des bois, s'arrachèrent à l'ombre des dernières ramures.

L'assaut fut donné. Les légionnaires bloüsques se déployèrent. Les Möps tranchèrent les premières têtes de Bloüsques. Qui repoussèrent aussitôt, tou-

Même pas mal !
HOP !
Quand on coupe la tête d'un Blouisque, elle repousse.

jours plus moches. Les Bloüsques enfoncèrent leurs glaives dans la chair molle des Möps.
Mais la viande de Möps absorbait les lames qui s'enfonçaient sans parvenir à seulement blesser l'adversaire. Parfois, un coup de lame bien placé coupait un Möps en deux, mais les deux morceaux, qu'unissaient encore des filets de bave, rampaient l'un vers l'autre et se réunissaient, reconstituaient ledit Möps qui repartait aussitôt à l'attaque...
Et, bon, ça pouvait durer longtemps, cette affaire, cette bataille, cette guerre où tout le monde s'entre-massacrait, se décapitait joyeusement mais où les têtes repoussaient, où les corps morcelés se réunifiaient comme si de rien n'était, où personne ne mourait jamais.
Dans le cœur ardent du champ de bataille, on hurlait, pourtant, on gémissait, on transpirait, on rageait, on éventrait, on décapitait, on assassinait, ou du moins on en mimait tous les gestes.
On s'appliquait aux pantomimes de la guerre. Comme si cela servait à quelque chose.
Comme si on y croyait.
Comme si les ventres n'étaient pas si mous que les épées s'y perdissent, s'y enfonçassent sans dommages. Comme si toutes ces têtes coupées ne re-

poussaient pas instantanément, flouip, sans la moindre hémorragie.
— Ça saigne pas beaucoup, dans cette bataille ! remarqua Elwan, déçu.
Il aperçut même Adenaü, son héros, qui se faisait démembrer à coups de hache. Les quatre ou cinq morceaux du chef glorieux rampèrent un peu à l'écart, puis se réunirent. Adenaü reconstitué repartit à l'assaut.
Les Bloüsques se portaient au front, toujours plus nombreux. Tout autour du bâtiment, leurs rangs se dégarnirent. La famille en profita pour tenter une percée...
Mélusine foudroya au passage deux ou trois Bloüsques, qui prétendaient l'empêcher d'entrer, ces gros lourds. Ils n'en moururent pas, leurs têtes repoussèrent comme prévu, flourch, toutes poilues, toutes chevelues, tout ça, tout ça... Mais quand même, ils en demeurèrent tout étourdis, tout cramoisis charbonneux. Leurs armures fondues, ils restaient là, nus et honteux dans la fureur des combats. C'était bien la foudre qui s'était abattue sur eux.
Enfants et korrigans s'engouffrèrent dans le passage ouvert par leur mère. Et aussi, quelques misé-

reux profitant de l'aubaine. Ceux-là, plus malins, ou plus observateurs, savaient qu'elle revenait toutes les semaines, cette belle guerrière, cette radieuse combattante, avec ses enfants et tous ses korrigans. Ils savaient que, toutes les semaines, elle se frayait un passage de reine ombrageuse à grands moulinets de glaive solaire. Que, toutes les semaines, elle franchissait la même porte. Que jamais personne ne pouvait l'empêcher d'entrer. Et ils l'attendaient là, le regard plissé de malice, prêts à se faufiler dans cette brèche hebdomadaire qu'elle leur ouvrait, cette divine...

Mélusine, mère de ses enfants, était aussi la providence des réprouvés.

Or, donc, ainsi fut fait.

Et Mélusine, Elwan, Fanny, Gallaör, Elfir et Bronislav firent leur entrée solennelle dans le Supermarché de la Mort.

Comme toutes les semaines, quoi.

11
Le Supermarché de Glezmol

Le Grand Hall d'accueil rutilait de tous ses ors, pétrifié dans la majesté de ses marbres.
Là seulement commençait le vrai danger. La traversée de Glezmol n'était qu'un préalable.
Chaque rayonnage du Supermarché de la Mort était gardé par des créatures pustuleuses et sanguinaires qui en interdisaient l'accès. Quiconque s'en approchait, quiconque faisait seulement mine de se servir, était instantanément dévoré, massacré, réduit en bouillie par le monstre factionnaire.
On se heurtait, selon les rayons, à toutes sortes de créatures prédatrices.
Comme à chaque fois qu'elle pénétrait dans ce temple nourricier, Mélusine recommandait aux enfants de redoubler de prudence et de vigilance.
Elwan se précipita vers la Crypte du Chocolat, que défendait un Gröll baveux.
Pourtant il savait, ou aurait dû savoir, depuis le

temps, que la bave de Gröll paralysait ses victimes pour toujours. Sauf si un autre Gröll venait vous re-baver dessus. Beurk.

Le Gröll de la Crypte du Chocolat allait projeter son jet de bave sur Elwan, inconscient du danger, quand Elfir s'interposa. D'un coup de poing d'un seul, il enfonça la tête dure du Gröll dans son corps mou. De haut en bas, bien vertical ! Raang !

Le Gröll partit en titubant, la tête enfoncée dans le corps jusqu'à la ligne du regard, ce qui fit beaucoup rire Elwan. Il en profita pour dévaler les escaliers de la crypte.

Le jet de bave paralysante se perdit au loin, et atterrit sur le Putréfactor griffu qui gardait le Temple des Jouets. Le monstre se figea, ne bougea plus. Fanny en profita pour se ruer vers le rayon des poupées-vampires et de leurs princes aux yeux rouges. Bronislav la suivit comme son ombre.

Mélusine s'égosillait en vain :

— Fanny ! Elwan ! Ne commencez pas à vous éparpiller partout ! C'est dangereux !

Bon, elle eut beau hurler, rien à faire. C'était chaque fois la même chose.

Heureusement, Elfir et Bronislav veillaient.

Elle sortit donc sa liste, empoigna son glaive de feu

et se dirigea vers la Citadelle des Omnivores. Devant chaque étal de marchandises, un ennemi aux dents jaunes guettait le client. Pour le dépecer tout vivant.

— Drôle de magasin, tout de même, où l'on assassine le client, songea-t-elle.

Mais elle avait l'habitude. Elle assura le glaive dans son poing, se campa, fière et dominatrice, devant le rayon des produits laitiers, et prononça d'une voix forte la première formule magique :

— Les yaourts ou la vie !

Et, tchac, elle décapita le Broüffle à cornes qui s'avançait.

Les têtes de Broüffle ne repoussent pas, contrairement aux têtes de Bloüsque. Ils continuent à vivre, néanmoins, mais sans tête. Du coup, ils n'y voient plus rien et se cognent partout. Les enfants adorent. Depuis que Mélusine venait faire ses courses dans ce magasin, il se peuplait, de semaine en semaine, de Broüffles désorientés qui zigzaguaient au hasard et se cognaient les uns les autres...

Elle glissa les yaourts dans la besace que portait Gallaör, et continua son petit chemin parmi les beaux légumes, la profusion des viandes, le chatoiement coloré, les effluves alléchants.

Les yaourts ou la vie !

— L'eau minérale qui fait des bulles ou la vie !
Tchac, un coup de glaive dans le Maroûfle à crête mordorée qui crachait déjà son venin. Quand on donne un coup de glaive dans un Maroûfle, il saigne jusqu'à la fin des temps. La blessure ne cicatrise jamais. Ça ne les dérange pas plus que ça, sauf pour des raisons esthétiques, car le Maroûfle est très coquet de nature. Et puis, du coup, il saigne partout son épais sang marronasse, et c'est salissant, et plus personne ne l'invite nulle part.
Mélusine avait dû le croiser quelquefois, celui-là, car il était déjà plein de trous partout, d'accrocs pendouillants, de plaies béantes qui saignaient mélancoliquement. Ça lui donnait un drôle de genre, un peu négligé.
— Les côtes de porc ou la vie !
Plof ! Un coup de poing colossal de Gallaör sur le vilain crâne du Brögnak pustuleux qui menaçait. Chaque fois qu'un Brögnak reçoit un coup de poing de korrigan sur le crâne, il explose dans un grand rire et éclabousse tout le monde de son eau verte qui pue la vase. Puis, il continue ainsi sa vie de particules éparpillées, sa vie multipliée. Avec le temps, chaque particule de vase donnera un nouveau Brögnak. C'est là le mode de reproduction du Brögnak.

À force de venir toutes les semaines dans ce magasin peuplé de créatures étranges et diverses, les enfants étaient devenus incollables sur la faune et la flore de Glezmol. Cette corvée des commissions leur était à chaque fois comme une leçon de sciences naturelles. Du coup, ils avaient de très bonnes notes à l'école.
— Les tomates ou la vie !
Et plaf ! Sur le Brontomorgue à trompe.
— Le couscous sous vide ou la vie !
Et brang ! Sur le Fronzök-Flatuleux.
— La ratatouille en boîte ou la vie !
Et Vlaong ! Dans les dents du Glandosor mélusinovore.
— Le petit tailleur rose qui irait si bien avec mes bottines en daim ou la vie !
Et re-plaf ! Dans la grosse tête de la Gargouille Goîtreuse qui affûtait ses griffes téléscopiques.
Et ainsi de suite.

Le sac de Gallaör se gonflait démesurément et s'alourdissait en conséquence, mais le korrigan ne paraissait pas s'en apercevoir.
— Bon, allez, je crois que je n'ai rien oublié. On y va ! Vous êtes là, mes bébés-guerriers ?

— On n'est pas des bébés ! répondirent en chœur Elwan et Fanny, les bras chargés de poupées et de tablettes de chocolat.
On apercevait derrière eux les corps gisants d'un Ronflauzore gluant et d'un Flibur à Tête Molle.

♋

Dehors, le peuple errant était revenu, profitant que les Bloüsques étaient occupés à chasser les Möps pour faire irruption dans le magasin. Ils se ruèrent sur les nourritures et les biens de première nécessité.
Certains s'immobilisaient aussitôt, médusés. Ils n'allaient pas plus loin que le grand hall d'entrée, fascinés par les proportions de ce bâtiment mythique dont ils pensaient ne jamais franchir les portes. Les autres couraient en tous sens. Ils savaient que cette opportunité ne se représenterait peut-être jamais.
Déjà, Mélusine orchestrait la distribution…
Il en surgissait de toutes parts.
— On dirait qu'ils sont plus nombreux chaque semaine… se disait-elle.

♋

Sur l'esplanade, la bataille prenait fin.
Une fois encore, les Bloüsques avaient refoulé les Möps... Ils avaient même repris le contrôle de l'hôtel de ville... Des colonnes de fumée sombre montaient haut dans le ciel, et plongeaient Glezmol dans une nuit plus noire que la nuit...
Les derniers Möps s'égaillèrent.
L'esplanade semblait à l'abandon.
La famille retraversa ce paysage de désolation...
Tout semblait irréel. Ils se laissèrent happer par l'ombre qui dansait à la lisière de la forêt.
Ils disparurent.
Derrière eux, les assaillants du Supermarché ressortaient les bras chargés de victuailles, traînant des sacs trop lourds, poussant des chariots débordants. La plupart avaient la bouche pleine, et cette mastication avide gênait leur respiration.
Les Bloüsques les laissèrent filer. Puis, ils reprirent leur faction autour du bâtiment.
Les derniers mendiants, les plus craintifs restés à l'écart, revinrent, eux aussi, et s'approchaient timidement...
Tout reprenait sa place, comme si rien, jamais,

n'avait eu lieu... La nuit était désormais presque totale. Les trois lunes du ciel de Glezmol brillaient comme des soleils glorieux.

Ce soir-là ressemblait à l'un de ces jours tristes où il fait beau quand même...

Épilogue

Ils refirent le chemin en sens inverse, pressés d'arriver, pressés d'en finir avec cette corvée hebdomadaire.

À nouveau, ils franchirent des gouffres, à nouveau ils rencontrèrent des créatures hostiles.

Il leur fallut encore affronter des gargouilles gluantes, mettre en fuite des hordes de sangliers géants, écrabouiller des tarentules encore plus géantes, découper en morceaux des bêtes carnivores et mythiques, ces idiotes, comme si on n'avait que ça à faire.

Ils refoulèrent tout un peuple de créatures hostiles aux yeux blancs, aux griffes jaunes et aux crocs ensanglantés. Les korrigans en mangèrent quelques-unes.

Il y eut encore quelques Mousks putrides à dissoudre, puis, enfin, ils repassèrent le seuil de la forêt. Là-même où ils avaient affronté le chêne géant qui en gardait l'entrée.

Le gardien de Glezmol, déjà, reprenait forme. Il

s'étirait en racines jeunes, qui s'en allaient puiser une vie nouvelle dans les profondeurs de la terre.
Elles sinuaient, palpitantes de vigueur mauvaise, comme des serpents sournois et revanchards.
En repassant devant la jeune pousse feuillue de leur ennemi, ils l'écrasèrent et la piétinèrent en riant.
Les korrigans suivaient, chargés comme des bêtes de somme.

♋

Quand ils entrèrent dans la grande salle du donjon, le roi Raymond ne leur accorda pas même un regard.
À cette heure, il avait fini son travail de roi, et il regardait les informations sur son écran plasma incrusté dans la pierre millénaire du château.
Il s'inquiéta, pour la forme, d'une voix distraite, absente, traînante :
— Alors, ça va ? Y'avait pas trop de monde ? C'était pas trop fatigant ?
— Boâf ! Comme d'habitude, répondirent-ils d'une même voix.
Et, tandis que les korrigans rangeaient les courses,

ils se dirigèrent vers la salle de bains. Même Elwan. Parce que le sang de Bloüsque, la bave de Fronzök-Flatuleux et les boyaux de Gröll, ça tache et ça poisse, on n'a pas idée !

Temps nuageux avec éclaircies matinales
Télé Roy

y'avait pas trop de monde ?
Comme d'habitude !

Imprimé à Barcelone par:
BLACK PRINT
en août 2018